Paul Katsitis

AF199729

Mykonos Crime 15
Khaled

Paul Katsitis

Mykonos Crime 15

Khaled

Bisher erschienen in dieser Reihe in Deutsch:

Mykonos Crime 1 Die Bestie von Mykonos
Mykonos Crime 2 Rache
Mykonos Crime 4 Der Drei-Sterne-Mord
Mykonos Crime 5 Tattoo
Mykonos Crime 6 Skalpell
Mykonos Crime 7 Hass
Mykonos Crime 8 Sturm über Mykonos
Mykonos Crime 9 Die Maske
Mykonos Crime 10 Abseits
Mykonos Crime 11 Glut
Mykonos Crime 12 Putsch
Mykonos Crime 13 Royals
Mykonos Crime 14 Trauma
Mykonos Crime 15 Khaled

Andere Mykonos-Bücher siehe Buchende
Die Bände in Englisch haben eine andere Reihenfolge
(siehe Buchende)

Impressum
Titelbild: istockphoto, andere Shutterstock
Copyright Paul Katsitis 2019

Production and Publishing:
BoD- Books on Demand, Norderstedt

ISB 9783750429697

Jeder Band behandelt einen abgeschlossenen Fall, sodass die Bände nicht in der Reihenfolge gelesen werden müssen.

Alle Bücher der Serie wurden in Griechenland gesetzt. Da griechische Setzer keine deutschen Fehler erkennen können, finden sich in dem Buch sicher mehr Fehler als in einem normalen Buch. Aber so bleiben wenigstens ein paar Euro in Griechenland.

Angelos Nikakis, 30, war Hauptkommissar in Thessaloniki. Während eines Urlaubs auf Mykonos traf er

Alexandros Nikakis (früher Galis), 36, den leitenden Kommissar auf Mykonos.
Eine Woche nach ihrem Kennenlernen heirateten sie.
Ein Jahr später wurde Angelos Nikakis zum Bürgermeister gewählt. Der erste schwule Bürgermeister Griechenlands.
Alles lief perfekt – bis …

Khaled Al-Massawi, 25, zu einem Kurzurlaub auf Mykonos eintraf. Khaled war Kronprinz eines kleinen Emirats und verliebte sich unsterblich in Angelos, der plötzlich nicht mehr wusste, zu wem er gehört.

1

Thessaloniki

Adam Resniak lag auf dem Boden seines Wohnzimmers in der kleinen Studiowohnung in Saloniki. Er hatte Schmerzen und konnte sich fast nicht bewegen, denn er bekam kaum Luft.

Das Geschoss war auf die linke Brustseite geprallt, was immer zu einer gewissen, unangenehmen Atemnot führte. Adam rollte sich auf die rechte Seite und die Schmerzen ließen nach.

Noch zwei Minuten, länger wird es nicht dauern, dachte er. Geduld gehörte zu seinem Beruf. Manchmal musste er stundenlang warten, mitunter ohne sich zu regen. Dennoch durfte er in seiner Aufmerksamkeit nicht nachlassen. Denn innerhalb von Bruchteilen von Sekunden musste er reagieren.

Und abdrücken.

Trotz der Schmerzen musste er innerlich lächeln. Es war ein Treppenwitz. Ich, einer der begehrtesten Profikiller Europas, fange mir selbst eine Kugel ein. Noch dazu in der eigenen Wohnung. Der Kollege musste vom gegenüberliegenden

Dach aus geschossen haben. Langsam besserten sich die Schmerzen, aber Adam Resniak beschloss, noch etwas liegenzubleiben. Zwar dürfte der Herr Kollege nach dem Präzisionsschuss sofort das Weite gesucht haben, aber nur ein großes Maß an Vorsicht hatte ihn so lange überleben lassen.

Carpe diem. Nutze die Zeit. Wer könnte der Auftraggeber sein? Noch immer liegend ging er die Liste der letzten „Kunden", aber auch der „Zielobjekte" durch. Gut, von Letzteren war keiner mehr am Leben, denn Resniak verstand sein Handwerk. Nur beim Letzten unterlief ihm ein Lapsus. Er hatte statt der Zielperson einen Besucher ins Jenseits befördert. Beim Blick durch das Zielrohr war sich Resniak sicher gewesen, dass der Mann das Zielobjekt war. Was musste dieser Trottel, der dem potentiellen Opfer so ähnlich sah, auch zu Besuch kommen.

Es war dessen letzter Besuch.

Und Resniak hatte die eigentliche Zielperson mit seinem Fehlschuss gewarnt. Die war daraufhin untergetaucht und trotz seiner fast unbe-schränkten Mittel war es Resniak nicht gelungen, seinen Fehler auszubügeln.

Der Auftraggeber war natürlich nicht erfreut. Das Honorar hatte Resniak selbstverständlich zurückbezahlt, aber darum ging es nicht.

Ein Fehlschlag war unverzeihlich. Und es war schlecht fürs Geschäft, denn die Welt der Top-Profikiller war klein und die Konkurrenz war über jeden froh, der durch mangelnde Leistung auffiel.

In der Regel lebte man nach einem gescheiterten Unternehmen nicht mehr lang.

Und deswegen liege ich hier, dachte Resniak. Aber er lächelte, begann sich nach rechts zu rollen und setzte sich auf. Nach einer weiteren Minute stand er auf und ging ins Bad.

Er zog den Pullover aus und untersuchte die schusssichere Weste.

Da steckte das blöde Ding.

Passabler Schuss, Herr Kollege, dachte Resniak. Dann legte er vorsichtig die schusssichere Weste ab. Da war er. Der berühmte blaue Fleck, der noch lange schmerzen würde.

Denn die Westen verhinderten zwar den Einschlag des Geschosses, nicht aber den Aufprall und so landet man zwangsläufig durch die Wucht am Boden.

Adam Resniak kannte sich aus im Geschäft. Er wusste, dass zumindest die Möglichkeit bestand, dass man Reklamationsansprüche wegen nicht erbrachter Leistung mit einer Kugel geltend macht. So hatte er umfangreiche Sicherheits-maßnahmen ergriffen und beschlossen, keinen Schritt mehr ohne Weste zu gehen. Er wusste, dass Kollegen gerne den Brustkorb als Ziel wählten, weil man selbst bei mangelnder Präzision den größtmöglichen Schaden anrichten kann. Statt dem Herzen traf man oft die Leber: das Resultat war das gleiche, der Tod kam nur zwanzig Minuten später. Oder man traf die Lunge, ebenfalls meist tödlich.

Resniak hingegen bevorzugte saubere Kopf-schüsse, denn er war ein herausragender Schütze. Ein zerplatzter Schädel ist ein sehr sicheres Zeichen für den Tod des Objektes.

Er rieb sich den größer werdenden blauen Fleck mit einer Salbe ein. Die Atemübungen, die er regelmäßig machte, um eine ruhigere Hand zu haben, brach er gleich wieder ab.

Nicht ungeduldig werden. Auf dich ist gerade erst geschossen worden.

Gott sei Dank hatte der Kollege nicht die in letzter Zeit beliebte Methode gewählt und eine Sprengfalle gelegt. Man öffnet die Türe und schon hat man ein Business-Ticket ins Jenseits.

Allerdings ist die Gefahr, entdeckt zu werden, groß. Nicht beim Auslösen der Explosion, sondern beim Legen der Sprengfalle.

Aber ich hätte sie rechtzeitig erkannt, dank des Scanners, der Sprengladungen von außen erkennt und auch an Flughäfen verwendet wird. Immer auf dem neuesten, technischen Stand zu sein, ist – wie in anderen Berufen auch – wichtig.

Ein Fortbildungskurs für Profikiller. Bei dem Gedanken musste Adam lachen. Eine Bombe im Kursraum würde die Welt schlagartig sicherer machen.

Gut. Situation gründlich analysieren und die richtigen Schlüsse ziehen. Das hat Priorität. Denn sein Nicht-Ableben würde nach wenigen Tagen bekannt werden. Noch glaubte der Kollege und damit sein Auftraggeber, dass Adam Geschichte

war. Aber lange würde dieser „Schutz durch Tod"
nicht halten.

Bis dahin muss ich weg sein, dachte Adam.

Er beschloss, sich zu vermummen und das Haus
über das Dach zu verlassen. Dächer waren seine
zweite Heimat geworden, denn sie waren der
ideale Standort für seine Tätigkeit. Und boten
zahlreiche Fluchtmöglichkeiten. Ein beherzter
Sprung über eine Häuserschlucht, für Adam kein
Problem. Für seine 43 Jahre war er außerordentlich fit.

Er hatte seine Wohnung unter anderem wegen
der perfekten Fluchtmöglichkeiten angemietet.
Zwei Feuerleitern und an zwei Seiten war ein
Sprung auf das Nachbarhaus möglich.

So war es kein Problem, zwei Häuserschluchten zu
überwinden und auf einem Haus in der
Parallelstraße zu landen. Resniak verließ das
fünfstöckige Gebäude und lief in normalem
Tempo Richtung Hauptbahnhof. Glücklicherweise
blies ein strammer Wind und so fiel seine dicke
Jacke und der Schal nicht weiter auf. Saloniki war
nicht Athen.

Er betrat die Terminalhalle und ging nach rechts
zu den Schließfächern. Hier gab es nie noch. In
anderen Städten waren sie wegen
Bombengefahr schon demontiert worden. Adam
öffnete das Fach und holte eine Tasche heraus.
Nur kurz blickte er hinein. Noch alles da. Große
Summen in Euro und Dollar, kleine Beutel mit
Diamanten und mehrere Pässe. Das würde
erstmal reichen, um keinerlei Spuren zu

hinterlassen. Kein Kreditkartengebrauch, kein Handygespräch – alles vermeiden, was Tapser hinterließ. Und heutzutage hinterließ man fast zwangsläufig Tapser. Früher war alles besser. Für Profikiller galt dieser an sich dumme Satz uneingeschränkt.

Adam Resniak lief zum Hafen. Eine gehörige Strecke, aber Taxis verfügen mitunter über Kameras und Dash-Cams. Ein No-go. Zwar verfügte Adam über die Fähigkeit, sich durch Gewöhnlichkeit fast unsichtbar zu machen.

Aber Vorsicht … Gut, das hatten wir schon. Kurz hielt er inne und öffnete in einer Seitengasse die Tasche. Er war sich nicht mehr sicher, ob er eine oder zwei Glock deponiert hatte. Es waren zwei. Wie erfreulich. Und sein Präzisionsgewehr, sauber zerlegt.

Natürlich verbot sich jede Flucht, die eine Kontrolle seines Handgepäcks mit sich brachte. Das Gesicht des Beamten beim Blick auf das Röntgengerät hätte Resniak gerne gesehen. Knapp eine Million in bar, zwei Handwaffen und ein Gewehr, dazu Diamanten und Pässe. Kein typisches Handgepäck.

Adam ging zum Schalter von „Seajet" und blickte auf die elektronische Anzeigetafel. Erstmal im Inland bleiben, um garantiert keine Spuren zu hinterlassen. Dann aber stellte sich die Frage, ob er ein abgeschiedenes Ziel wählen sollte oder lieber einen Platz, an dem Trubel herrschte.

Samos. Zu tot. Lesbos. Nahe an der türkischen Grenze und daher für eine Flucht hervorragend geeignet. Aber hässlich.

Eine gewisse Anspruchshaltung hatte sich Adam Resniak über die Jahre angeeignet. Kein Luxus – das wäre zu gefährlich in seinem Metier. Aber zu bodenständig sollte es auch nicht sein. Außerdem war Lesbos voller Flüchtlinge, was hieß: erhöhte Polizeipräsenz, Medien ... Nein, ich brauche eine Insel mit vielen Menschen und möglichst wenig Polizei. Santorini oder Mykonos.

Santorini ist mir zu kitschig und außerdem gibt es zu viele Chinesen und die konnte Resniak nicht leiden.

Willkommen Mykonos, sagte Adam leise. Wir werden uns gut vertragen.

Um 19.30 Uhr betrat er die Fähre in Richtung Mykonos. Die Nachtfähre, Ankunft 22.30 Uhr. Selbst wenn irgendein Polizist vor Ort wäre, er wäre geistig schon im Feierabend.

2

Delos

Antonis Kyriakos sah nach draußen. Trotz der Buntglasfenster der Kapelle konnte er den Trubel an der Uferpromenade von Mykonos deutlich erkennen. Menschenmassen. Erstaunlicherweise hörte er aber davon nichts. Es herrschte Ruhe im Gotteshaus, obwohl es ihn nicht erstaunt hätte, wenn ein Eiscreme essender Chinese sich vor den Ikonen aufgebaut hätte, um etwas Neues auf seinem Instagram-Account posten zu können.

Wobei Europäer und Amerikaner keinen Deut besser sind. Kein Respekt vor irgendetwas. Schon gar nicht hier auf Mykonos. Ja – sie kommen wegen Party, Shopping und Drogen. Die Wenigsten verschlägt es nach Delos, diesem weltweit einmaligen Platz. Ein ganzes Universum der Antike – seit Jahrhunderten unbewohnt und daher geschützt vor den „Segnungen" der modernen Welt. Nur eine kleine Zahl, eine sehr kleine Zahl, besuchte den archäologischen Park mit seinen Tempeln, dem Theater und dem 3000 Jahre alten Stadion.

Der letzte Rest von Kulturinteressierten in einer Welt voller Nichtig- und Oberflächlichkeiten.

In seine ätzende Kritik hätte er sich miteinbeziehen können, aber zu so viel Selbstkritik war Antonis nicht in der Lage. Meilenweit hatte er sich schon entfernt von dem früheren Antonis, der mit viel Enthusiasmus sein Archäologie-Studium in Thessaloniki begonnen hatte, davon träumend, einmal auf Delos arbeiten zu dürfen. Etwas Bedeutendes entdecken zu dürfen. Sein Foto in einer Fachzeitschrift. Die Träume eines jeden Studenten von Wohlstand und beruflichem Erfolg – noch unbeleckt von den Realitäten und Nackenschlägen des Lebens eines richtigen Erwachsenen.

Was tat Antonis in der Kapelle? Er zündete eine der dünnen Kerzen an und steckte sie in den Holzblock.

Er bat um Vergebung. Wie die meisten Menschen begab er sich nicht vorher in die Kirche – ER hätte ja widersprechen oder warnen können. Nein, erst richtet man Unheil an und dann benötigt der Mensch einen Ablassschein. Um anschließend fröhlich fortzufahren.

Tatsächlich ging es Antonis nach dem Innehalten in der Kapelle deutlich besser. Er bahnte sich seinen Weg durch die Massen, die sich schon vor zehn Uhr durch die Stadt schoben. Kreuzfahrttag. Hasstag für Antonis. Diese schwimmenden Städte mit ihren Schweröllachen und den Rauchschwaden, deren zerstörerische Kraft man auf Delos sehen konnte. Über der gesamten Anlage lag feiner grauer Ruß, der sich gepaart mit Regen wie eine Säure in die Skulpturen fraß. 3000 Jahre hatten ihnen nichts anhaben können. Und wir schaffen es in 30 Jahren mit ein paar üblen Dreckschleudern, eine antike Welt zu vernichten.

Natürlich waren es nicht nur die Schiffe und nebenbei bemerkt fuhr Antonis einen nagelneuen SUV.

Aber der Mensch neigt dazu, moralische Ansprüche nur an andere zu stellen, bei sich selbst aber ein gewisses Laisser-faire walten zu lassen.

Mit göttlich bedingter Erleichterung betrat Antonis das Boot in Richtung Delos. Es war nur halbgefüllt, heute zu seiner Erleichterung.

Nach nur wenigen Minuten erreichte er die Insel. Antonis ging an den wenigen vor dem Einlass wartenden Menschen vorbei und winkte Lara, die an der Kasse saß. Beim Anblick der Statuen und Ruinen bekam Antonis ein schlechtes Gewissen und zum zehnten Mal sagte er sich, dass er so nicht weitermachen könne. Die Schuld aber tragen andere. Die, die ihn und die Kollegen so miserabel bezahlen, dass sie alle in winzigen Zimmern im Inselinneren von Mykonos hausen mussten – oder sogar hier im Museum.

Antonis ging den Kollegen aus dem Weg. Ihm war nicht nach Geplauder. Zudem machte ihm die Hitze zu schaffen, die seit Tagen über den Kykladen lag und schon um 10.00 Uhr den Schweiß aus jeder Pore dringen ließ.

Delos ist ein einziges Brennglas. Kein Schatten und der Felsen speichert die Hitze, sodass man ab Mittag nur mit Handschuhen arbeiten konnte. Archäologe sein bedeutet meistens Hitze und Durst. Den Kollegen in Ägypten, Syrien und im Irak muss man Respekt zollen. Sie geben auch körperlich alles.

Antonis fluchte. Delos, Mykonos und Renia. Hier konnte man sich um 14 Uhr zu Tode schwitzen, aber um 14.30 Uhr eine letale Lungenentzündung einfangen, wenn urplötzlich der kalte Nordwind einsetzt. Man hat die Wahl zwischen Badehose und Herbstjacke.

Antonis seufzte.

Ich bin das schwarze Schaf. Sicher nicht das einzige, aber ich mache meinem Beruf keine Ehre, dachte Antonis.

Er näherte sich seinem aktuellen Grabungsgebiet nahe dem antiken Theater. Knapp 15.000 Menschen lebten einst auf der winzigen Insel, die nur knapp 2 Quadratkilometer groß ist. Dichter besiedelt als Hongkong. Platz war so kostbar, dass das Errichten von Grabstätten auf Delos verboten war. Leichen mussten innerhalb von sechs Stunden auf die Nachbarinsel Renia verfrachtet werden. Warum nicht das größere Mykonos besiedelt wurde, war lange ein Rätsel, zumal es auf dem großen Nachbarn von Delos Wasser gab. Heute weiß man, dass es religiöse Gründe waren, die die Menschen nach Delos zog. Den Geburtsort Apollos.

 Antonis griff in die Tasche, um seinen Schlüssel herauszuholen, denn die Kiste mit seinen Werkzeugen und Pinseln musste immer verschlossen sein. Zu oft schon hatten sich Touristen bedient. Was diese mit Pinseln und Kellen wollten, die es in jedem Baumarkt zu kaufen gab, blieb deren Geheimnis. Der einzige Hinweis auf Delos war sein eingeritzter Name, Kyriakos. Tolles Souvenir. Aber mit den verschlossenen Kisten gehörte dieses spezielle Souvenir-Shopping ohne Bezahlung der Vergangenheit an.

Antonis steckte den Schlüssel in das Schloss. Seit wann lässt sich das Ding so leicht drehen, dachte Antonis. Dann sah er einen grellen Blitz. In der letzten Sekunde seines Lebens registrierte er noch, dass sein rechter Arm davonflog und wunderte sich, dass er keinerlei Schmerzen empfand. Er hatte die Grenze zwischen Leben und Tod bereits überschritten.

3

Negev-Wüste, Israel

Khaled Al-Mussawi stand neben sich. Er, Kronprinz eines wenn auch kleinen Emirats, hatte jegliches Interesse an den vermeintlich wichtigen Themen des Lebens verloren. Die Politik, sein Steckenpferd, und – nach dem Tod seines Vaters – sein zukünftiges Spielfeld: Khaled hatte jedes Interesse verloren.

Er hatte nur eines im Kopf: Angelos. Khaled war nicht nur verliebt, er war einem anderen Mann regelrecht verfallen.

Sie hatten sich auf Mykonos kennengelernt. Angelos Nikakis war gleichzeitig Kommissar und Bürgermeister der Promi-Insel.

Khaled war wie gelähmt, als Angelos ihn zum ersten Mal anlächelte. Der und kein anderer.

Das Problem war nur: Angelos war verheiratet, mit Alex. Und das glücklich, wie Angelos immer betonte. Doch Khaled bemerkte, dass seine offene Liebeserklärung nicht rundweg zurückgewiesen wurde. Angelos begann zu zweifeln. Stufe 1. Angelos wurde verwirrt. Stufe 2. Angelos erkannte, dass er Alex UND Khaled liebte. Stufe 3. Angelos sagte zum ersten Mal, dass er Khaled liebte. Stufe 4. Eine – nur eine – fehlte noch.

Es war der schönste Moment in Khaleds Leben. Davor war alles trist und grau. Sicher. An Luxus mangelnde es nicht. Doch der Palast in Fudscheirah war ein Gefängnis und Khaleds Vater der Wächter. Hinzu kam eine nicht unwesentliche Schwierigkeit: Khaled war schwul. Im Islam ein todeswürdiges „Verbrechen". Seine bisherigen Erfahrungen machte er auf Auslandsreisen und immer unter höchster Geheimhaltung, immer zitternd, er könne entdeckt werden.

Nach jenem Tag auf Mykonos war Khaled alles egal.

Angelos Nikakis würde der Mann meines Lebens werden. Angelos liebt mich als Mensch. Denn Luxus und das ganze königliche Brimborium interessiert ihn nicht. Ein Argument, das wichtig war, um einschätzen zu können, wie ernst

Angelos´ Gefühle waren. Bei der korrekten Anrede „Königliche Hoheit" hatte sich Angelos regelrecht verhaspelt, um dann sofort das „Du" anzubieten.

Das hatte Khaled imponiert. Sonst warf man sich immer in den Staub vor ihm.

Er dachte an die erste Nacht mit Angelos und bekam eine Gänsehaut.

Khaled hatte noch nie ein solches Körpergefühl erlebt. Oder besser: ein Wasserfall an Gefühlen.

Es knistert schon in der Ehe von Angelos und Alex, soviel wusste Khaled. Angelos hatte ihm zwar gesagt, dass er bei Alex bleiben würde, aber die Augen verrieten ihn. Es war mehr Dankbarkeit und Angst um Alex´ Reaktion auf eine eventuelle Trennung.

Das ist keine ausreichende Basis. Das kann nicht halten, dachte Khaled. Von Anfang an hatte er sich eine Strategie zurechtgelegt: schlichtes Warten, bis der Deckel vom Topf fliegt.

Dann würden die Ereignisse ins Rollen kommen. Khaled würde seinem Vater mitteilen, dass er vom Amt des Kronprinzen zurücktreten müsse.

Und eingestehen – wieso eingestehen? … Es ist ja kein Verbrechen. Nein, er würde ihm sagen, dass er schwul sei. Um der dämlichen Frage seines Vaters vorzubeugen, was er denn falsch gemacht habe, würde er ihm erklären, dass dies genetisch … nein, er würde auch das nicht verstehen. Und dass Allah, Gott oder Jahwe schwule Menschen erschaffen hat, das überstiege seines Vaters Horizont.

Besonders spaßig würde es dann noch werden, wenn ich ihm erkläre, in Kürze einen griechischen Bürgermeister heiraten zu wollen. Die kardiologischen Auswirkungen wären unabsehbar.

Khaled seufzte, als seine Berater ihn zum Aufbruch drängten. Die Herren vom israelischen Geheimdienst würden ungeduldig. Noch vor Monaten hätte Khaled gejubelt angesichts der besonderen Aufgabe, mit der ihn sein Vater betreut hatte. Der gemeinsame Feind Iran sollte zu einer neuen Allianz zwischen Israel und den Emiraten führen. Die Gespräche sollte das kleinste der Emirate führen, um jegliche Aufmerksamkeit zu vermeiden. Zur Not könnte man von einem Alleingang sprechen. Eine historische Mission –
Die mir jetzt vollkommen egal war. Ich habe nur eine Mission: ich MUSS ihn haben.
Und werde ihn nie wieder hergeben, falls …
Ja, falls …

4

Im Haus der beiden Kommissare Alexandros und Angelos Nikakis herrschte dickste Luft, wenn es eine Steigerung von dicker Luft gäbe. Seit sich Angelos in einen anderen Mann verliebt hatte, war nichts mehr so wie zuvor.

Einen direkten Vorwurf machte Alex ihm nicht. Wem kann man schon seine Gefühle vorwerfen. Und: Angelos hatte Alex nichts verschwiegen und gegen seine Gefühle angekämpft. Letztlich entschied sich Angelos aber dafür, bei Alex zu bleiben. Dennoch: Alex nahm es Angelos übel, sich in Khaled verliebt zu haben. Angelos´ faires Angebot, sich eine andere Bleibe zu suchen, hatte Alex abgelehnt – er wollte seine große Liebe Angelos nicht verlieren, tat andererseits aber alles, um die Stimmung zu vermiesen. Dumme Sprüche wie „Hier riecht es nach Scheich" waren unter der Gürtellinie und zeugten von der tiefen Verletzung. Dass Alex damit Angelos immer mehr in die Arme von Khaled trieb, begriff er nicht.

„So geht es nicht weiter", sagte Angelos erbost. „Ich renne niemand hinterher. Du bist derjenige, der etwas Neues will."

„Ich will gar nichts. Ich habe mich für dich entschieden. Aber es scheint dir nichts zu bedeuten, so, wie du dich verhältst."

„Bin ich fremdgegangen oder du?"

„Khaled hat mir und dir das Leben gerettet, schon vergessen?", knurrte Angelos. „Und er hat sich eine Nacht mit mir gewünscht. Ich habe dich gefragt, ob das ok ist. Vorher. Und du hast ‚Ja' gesagt. Und: ich habe Khaled gesagt, dass es eine einmalige Angelegenheit bleibt und ich dich liebe. Dass er ein verfluchter Kronprinz ist und im Geld schwimmt, hat für mich nie eine Rolle gespielt, wenn du das meinst."

Alex seufzte.

„Nein, ich weiß, dass dir diese Dinge eher zuwider sind. Also musst du wohl den Menschen Khaled lieben. Das Schlimme ist, dass ich ihn für einen guten Menschen halte."

„Er IST ein guter Mensch, Alex. So wie du auch", sagte Angelos. „Und ich würde ja bei dir bleiben, wenn du dich nicht so verändert hättest. Deine Sticheleien machen mir das Leben zur Hölle!"

„Ich kann dir nicht sagen, was mit mir los ist. Ich kann es nicht steuern. Ich kann zwar ohne dich nicht leben, aber allein aus einem Verpflichtungs-gefühl oder aus Dankbarkeit, sollst du nicht bleiben müssen. Das wäre zu wenig. Es wäre mir zu wenig - UND dir!"

„Vielleicht ist es doch besser für uns beide, wenn ich erst einmal woanders wohne", antwortete Angelos.

„In den Emiraten?", fragte Alex.

„Unter Garantie nicht. Du vergisst, dass ich Bürger-meister bin. Es wird ohnehin schon genug getuschelt!"

„Ich weiß. Der Emir von Mykonos und der Kronprinz von Fudscheirah, das Traumpaar schlechthin", antwortete Alex.

„Zynismus steht dir nicht!"

„Das war nicht zynisch. Die Menschen auf der Insel lieben dich!"

Und das war die Wahrheit. Angelos gehörte zu der Sorte Bürgermeister, die Gesetze und Verordnungen biegen bis es knarzt, um das meiste für seine Gemeinde herauszuholen. Dass Angelos mit dem Premierminister per ‚Du' war, half sicher in manchen Fällen.

„Ich glaube nicht, dass sie mich noch lieben, wenn ich ausziehe. Die Menschen mögen auch dich. Vielleicht sollte ich zurücktreten", sagte Angelos niedergeschlagen.

„Quatsch. Das eine hat mit dem anderen nichts zu tun."

„Das sehen viel wohl anders", meinte Angelos.

„Aber gut. Es ist wohl das Beste, wenn ich erstmal ausziehe!"

Alex war kreidebleich.

„Nein. Ich … ich kann nicht ohne dich. Es ist nur nicht gerade leicht für mich …"

„Glaubst du vielleicht für mich? Ich gehe zum Strand", sagte Angelos.

Nachdem Angelos am Kitesurfer-Strand an der Innenbucht von Ornos angekommen war, griff er zum Handy. Anrufen geht nicht, dachte er. Wer weiß, ob er frei reden kann. Eine SMS ist wohl besser.

MEIN PRINZ. ES KRISELT IMMER MEHR. UND ICH VERMISSE DICH. ANGELOS.

Es dauerte nur wenige Minuten bis die Antwort kam:

WIE WÄRE ES MIT EINEM „ICH LIEBE DICH, KHALED??"

Angelos lächelte und tippte in sein Handy:
„ABER GERNE: ICH LIEBE DICH! ABER DAS WEISST DU DOCH SCHON!"

Einen Menschen habe ich heute glücklich gemacht, denn Khaled liebt mich über alles.

Aber bevor Khaleds Antwort eintraf, brummte das Handy.

„Emir, auf Delos gab es einen Toten. Eine Explosion. Ob es Mord war, wissen wir aber noch nicht", sagte Giorgios, Angelos´ rechte Hand im Rathaus.

Angelos seufzte.

„Giorgios, ich glaube kaum, dass es im antiken Griechenland Gasleitungen gab. Was soll denn auf Delos explodieren? Und ein Terroranschlag auf einer unbewohnten Insel wäre auch etwas ungewöhnlich. Weißt du schon, wer es ist?"

„Äh, nein. Wir haben noch nicht alle Einzelteile beisammen!"

Bravo, dachte Angelos. Da wird sich der Pathologe freuen.

„Bin schon unterwegs", sagte Angelos.

Beeilen brauche ich mich bei einem Opferpuzzle nicht.

5

Macht die Lichtorgeln aus", knurrte Angelos Nikos und Tomas an, die zwei Streifenpolizisten. Er ging zum Boot der Wasserschutzpolizei.

„Yannis, los geht´s!"

„Aye, aye, Emir!"

Den Spitznamen werde ich wohl nie mehr los, dachte Angelos. Die Fahrt mit dem Boot - natürlich auch mit Blaulicht - dauerte nur wenige Minuten. An der Anlegestelle warteten Giorgios und Yannis Papadopoulos, der Leiter des Archäologischen Museums auf Delos. Letzterer gestikulierte wild. Wahrscheinlich deswegen, weil die Insel wohl heute geschlossen bleiben und damit einiges an Eintrittsgeldern verloren gehen würde. Angelos bekam gerade noch mit, wie die letzten Touristen Delos verließen. Unter großem Protestgeschrei, denn der Ausflug kostete schlappe 50 Euro, worüber sich Angelos schon seit zwei Jahren aufregte und dem Anbieter angedroht hatte, die Anlegestelle im Alten Hafen mit Gitter abzuriegeln. Der aber konnte einen Vertrag mit der Gemeinde vorlegen, der ihm die Anlegerechte für 50 Jahre zusicherte. Leider waren erst 23 Jahre vergangen.

„Wo?", war die einzige Frage, die Angelos stellte.

„Am Theater", sagte Giorgios.

Das Theater liegt am südlichen Ende des archäologischen Parks, knapp 300 Meter entfernt von der Anlegestelle. In einem Ruinenfeld ist ein Explosionsschaden schwer auszumachen. Herumliegende Steine und Quader gibt es zuhauf. Doch Angelos kannte „sein" Delos, denn die Insel gehört nicht nur verwaltungstechnisch zu Mykonos, sie ist im Besitz der Gemeinde.

Das Wetter hatte umgeschlagen und der Wind blies aus ständig wechselnden Richtungen.

Der Sage nach lebte Aiolos, der Gott des Windes, auf Mykonos. Wäre er nur rechtzeitig umgezogen und hätte seinen Wind mitgenommen, knurrte Angelos und versuchte, einer Staubwolke auszuweichen – vergeblich. Noch beim Übersetzen auf Delos war es fast windstill gewesen. Man sah schlicht nichts mehr und auf der Insel gab es nichts, was sich dem Wind hätte entgegenstellen können. Damit hatte sich auch die Spurensicherung erledigt.

„Hoffentlich fliegt mir kein Finger ins Gesicht", sagte Angelos zu Giorgios.

„Oder die Hoden. Im Theater hat nur ein Archäologe gearbeitet!"

„Danke, Giorgios. Das macht es mir leichter", knurrte Angelos zwischen zwei Staubwolken.

„Wo ist die Leiche? Ich hoffe im Besucher-zentrum", schrie Angelos gegen den Wind an. Giorgios nickte.

„Die Insel bleibt zu, bis der Wind nachlässt", brüllte Angelos Papadopoulos an. Dessen Wuttirade verstand Angelos aber nicht. Zu stark pfiff der Wind. Es war nicht die erste Tatortsicherung auf Mykonos, die wegen der Witterung verschoben werden musste – und somit keine war. Pavillons aufstellen wie im Fernsehkrimi: eine Illusion.

Angelos hatte Mühe das Gleichgewicht zu halten. Das Thermometer zeigte 24 Grad – es kam ihm vor wie 10. Als Festlandsgrieche reagierte er noch immer allergisch auf die böigen Stürme der Ägäis. Konzentrationsfähigkeit null. Alex lachte immer, wenn sich Angelos bei Sturm beschwerte und jammerte.

„Bescheuerte Insel. Wie kann es bei strahlendem Sonnenschein nur so windig sein?"

„Das mit der bescheuerten Insel lass mal nicht deine Wähler hören!" Alex stammte von Mykonos und zuckte bei Windstärke 8 nur mit den Achseln. „Laues Lüftchen", lautete sein Kommentar.

Als Angelos im Inneren des kleinen Museums angelangt war, holte er zuerst tief Luft. Reine Luft ohne Staub. Mykonos. Verkehrte Welt. Freies Atmen nur im Inneren, zumindest dann, wenn Aiolos einen schlechten Tag hatte.

„Gibt´s hier einen Kaffee?", fragte Angelos.

„Ich bin doch nicht …", begann Papadopoulos, besann sich dann aber eines Besseren, denn den Bürgermeister verärgerte man besser nicht. Und so trottete er davon.

„Endlich. Wo sind die bisherigen, äh, Teile?"

Giorgios deutete auf eine Ecke, in der zwei Polizisten mit Handschuhen sortierten oder besser: es versuchten.

„Das ist aber nicht viel. Der Herr Archäologe ist in schlechterem Zustand als seine Ruinen", flüsterte Angelos.

„Chef, das war mal ein Mensch", antwortete Giorgios.

„Du hast recht. Entschuldige. Ich bin im Moment nicht ganz auf der Höhe", sagte Angelos zerknirscht.

„Der Prinz? Oder Alex?"

„Als ob das zu trennen wäre", knurrte Angelos.

„Wie schon gesagt: alle im Rathaus mögen Alex…", Angelos verdrehte die Augen.

„… aber wenn Sie mit dem Prinz glücklicher sind, dann ist das eben so. Wir möchten einen zufriedenen Chef. Der ist nämlich pflegeleichter!" Angelos lachte.

Er schätzte Giorgios sehr. Als „rechte und linke Hand" und auch wegen seiner Offenheit.

„Bin ich momentan so unausstehlich?"

„Nein. Aber bedrückt", antwortete Giorgios.

„Es wird sich bald ändern. Ich werde wohl bald ausziehen!"

Giorgios schaute Angelos entsetzt an.

„Endgültig?"

Angelos zuckte mit den Achseln.

„Ich werde die nächsten Tage wohl intellektuelle Tiefflüge veranstalten. Pass auf mich auf, falls ich etwas Falsches sage oder tue!"

„Liebt der Emir den Prinzen?", fragte Giorgios, um etwas Humor in das Gespräch zu bringen.

Und tatsächlich musste Angelos lachen. Den Spitznamen „Emir" würde er wohl nie mehr loswerden. Dabei hatte er nichts mit Khaled zu tun, sondern eher mit seinem rigiden Regierungsstil. Der aber war dem Großteil der Insulaner willkommen, denn endlich wurden Dinge angepackt, die teilweise seit Jahrzehnten darnieder lagen. Noch wichtiger: Angelos hatte aus Saloniki kommend keinerlei persönliche Verbindungen – oder präziser formuliert: er war nicht Teil des Inselgeflechts. Seine einzige Verbindung zu Mykonos war ursprünglich nur Alex.

„Ich liebe wohl beide. Es ist wohl in der Situation besser, ich trete zurück", sagte Angelos betrübt.

Jetzt war auf Giorgios´ Gesicht blankes Entsetzen zu sehen. Viel zu laut sagte er:

„DAS KÖNNEN SIE UNS NICHT ANTUN. UND DER INSEL AUCH NICHT!"

„Beruhige dich. Entschieden habe ich es noch nicht", erwiderte Angelos.

„Ob Khaled oder Alex. Das geht nur euch drei etwas an. Sie sind ein guter Bürgermeister. Wenn Sie Zweifel haben, setzen Sie doch eine Neuwahl an!"

Angelos dachte kurz nach.

„Das wäre eine Option. Aber ehrlich gesagt, beschäftigt mich momentan die Frage, wo ich hinsoll!"

„Chef, Sie können jederzeit …"

Angelos lächelte.

„Das ist sehr nett. Aber mein Prinz wird schon etwas auftreiben. Wahrscheinlich furchtbar überteuert!"

„Solange er es bezahlt, ist es doch in Ordnung! Äh, wie machen wir hier weiter?", fragte Giorgios.

Angelos grinste.

„Siehst du? Ich bin so benebelt, dass ich die Leiche hier kurzzeitig vergessen hatte. Was sagt der Wetterbericht für morgen?"

Auf Mykonos sind zwei Dinge vollkommen uninteressant. Ob sonnig oder bewölkt: egal. Die Temperatur: egal. Alles hängt von einem Wert ab: der Windstärke und deren Richtung. Jeder auf der Insel kannte – im Gegensatz zu Festlandsbewohnern – die Einheit Bofors.

„Zwei bis drei. Böen bis 35", antwortete Giorgios, nachdem er einige Augenblicke auf seinem Smartphone herumgetippt hatte.

„Und was haben wir heute?", fragte Angelos.

„Vier bis fünf. Böen bis 67", antwortete Giorgios.

„Glaube ich sofort", raunzte Angelos.

„Ok, Giorgios. Morgen bleibt hier alles zu. Und wir treffen uns um zwölf! Die Angehörigen benach-richtigen wir noch nicht. Ein Tag Schonzeit!"

„Sorry, Chef. Aber wo kann ich Sie finden, falls etwas Außergewöhnliches passiert?"

Wieder zuckte Angelos mit den Achseln.

„Wenn ich das schon wüsste. Ich schicke dir eine SMS!"

Papadopoulos kam um die Ecke mit einem Plastikbecher. Bestimmt eine Plörre, dachte Angelos.

Er hatte recht.

6

Die Laune von Kommissar und Bürgermeister Angelos Nikakis war auf dem Tiefpunkt, denn die Rückfahrt nach Mykonos war deutlich ruppiger als die Hinfahrt. Scheißtag, murmelte Angelos.

Wieder stieg das Fragezeichen auf. Reicht meine Liebe zu Khaled aus? Ist sie groß genug? Ich kenne ihn fast nicht.

Dann musste Angelos lachen.

Alex kannte ich ja auch nicht. Am Abend des Kennenlernens der erste Sex, besser gesagt: nach vier Stunden. Und zehn Tage später geheiratet. Gut. Es ist auf Probe und endgültig trennen will ich mich von Alex auch nicht. Noch nicht. Aber Alex hatte sich verändert. Das Sticheln, der Zynismus einerseits. Andererseits hatte Alex´ Liebe von Beginn an etwas Vergötterndes. Das ist anfangs toll, aber es erdrückt.

Das Karussell in Angelos´ Kopf fing wieder an, sich zu drehen.

7

Zwanzig Flugminuten entfernt saß Nikos Kyriakos am Küchentisch. Seine unscheinbare Ehefrau und seine zwei, leicht übergewichtigen Kinder machten sich über die gefüllten Weinblätter her, die Nikos´ Mutter regelmäßig vorbeibrachte. Sie wusste, dass Nikos´ Ehefrau eine lausige Köchin war. Ein Punkt auf der Negativliste, die ihm seine Mutter immer wieder herunterbetete. Nikos schaltete dabei immer auf Durchzug. Eleni ist Mittelmaß, genau wie ich. Auf der Erfolgsleiter auf dem Weg nach oben, dem Kreischen einer Vagina folgend und umgehend verschlungen: schwanger, heiraten und zwei Kinder – so lautete die Bilanz dreier Jahre, die Nikos aus der Bahn an diesen Tisch geworfen hatten.

Er musste seine Pläne, Archäologe zu werden, beerdigen. Das Einzige, was ihn je wirklich interessiert hatte, wurde ihm geraubt. Mit einer schwangeren Frau war an Studieren nicht mehr zu denken. Insgeheim nahm er es Eleni übel.

Hätte ich nur die Hose anbehalten, dann würde ich heute …

Der Fluch jener berühmten drei Minuten, den nur heterosexuelle Männer kennen – und dafür bezahlen. Der Fluch, dem schwule Männer qua Geburt nicht erliegen können – wofür sie sehr dankbar sein sollten.

Doch Nikos hatte diesbezüglich kein Glück.
Er beneidete seinen Bruder, denn er war ledig und
konnte daher weiterstudieren. Der kleine Bruder,
der den großen überholt hatte. Ich werde über
meinen Stuhl im Kultusministerium nie hinaus-
kommen. Wenn der Posten nicht auch noch
wegrationalisiert wird.
Als Antonis ihm erzählte, dass er nach Delos
gehen würde, konnte Nikos nachts nicht schlafen.
Ich hätte mich über sein Glück freuen sollen,
immerhin ist er mein Bruder, dachte Nikos, aber
ich kann nicht.
Und so ließ er den Kontakt zu Antonis schleifen.
Nikos hätte es nicht ertragen. Die ständigen
Erzählungen von einem Ort, an dem er selbst
gerne gewesen wäre.
Und dann kam der Tag, an dem ein ihm bis dahin
unbekannter Mann sein Büro betrat, um sich
näher über Ausfuhrgenehmigungen zu
erkundigen. Das Gespräch dauerte gut zwei
Stunden und selbst am Ende war Nikos nicht klar,
welcher Nationalität sein Besucher war. Pole oder
Rumäne vermutete er.
Aber der Besuch veränderte seine Zukunfts-
aussichten. Nicht, dass er dieses schreckliche Büro
verlassen könnte, aber immerhin würden ihm die
nagenden finanziellen Sorgen genommen – und
das permanente Gequengel seiner Frau, die IHM
die Schuld für ihren bescheidenen Lebensstil gab.
Doch für diesen Quantensprung benötigte Nikos
die Hilfe seines Bruders. Antonis hingegen zeigte
sich entsetzt, als Nikos ihm vorsichtig

auseinandersetzte, um was es ging. Das Gespräch ging in Gebrüll über. Worte wie Verräter und Krimineller fielen und Antonis stürmte aus dem Café in Athen, in dem sie sich getroffen hatten. Doch zwei Tage später war Antonis wieder da. Er hatte eingesehen, dass auch sein Leben sich in einer Sackgasse befand und erklärte sich einverstanden mit dem ersten Deal. Aber wie es so ist. Hat man einmal Blut geleckt, so kann man die Gier nicht mehr stoppen. Aus einem Deal wurden mehrere und auch wenn Antonis immer wieder seine Bedenken vortrug: ernst gemeint waren sie nicht, sondern dienten nur dem eigenen Seelenheil.

Ginge es schief, würde es Antonis gelingen, alle Schuld bei Nikos abzuladen und sich selbst als Opfer darzustellen.

„Wo ist dieser Vollidiot nur?", fragte Nikos, nachdem er wieder vergeblich versucht hatte, Antonis auf seinem Handy zu erreichen. Er wusste noch nicht, dass sich das Handy samt seinem Besitzer pulverisiert hatte.

Er hatte nicht bemerkt, dass er diese Frage laut gestellt und Eleni sie gehört hatte.

„Ich verstehe nicht, warum du seit sechs Monaten eine solche Sehnsucht nach deinem Bruder hast. Ihr konntet euch doch über Jahre nicht leiden. Nicht einmal zu Weihnachten wolltest du ihn einladen. Wahrscheinlich deswegen, weil aus ihm etwas geworden ist – im Gegensatz zu dir", ätzte Nikos´ Frau.

Aus mir wäre auch etwas geworden, wenn ich nicht diesen furchtbaren Fehler begangen und dich geheiratet hätte, dachte Nikos.

„Er gehört zur Familie. Ende der Diskussion", sagte Nikos in einem Anfall von Mut.

Es war jetzt schon der zweite Tag ohne Lebenszeichen, was sehr ungewöhnlich war. Außerdem hatte Nikos dringend etwas mit Antonis zu besprechen.

Ihm wird doch nicht eine Säule auf den Kopf gefallen sein, dachte Nikos zum Spaß.

8

Adam Resniak konnte es kaum mehr erwarten. Sechs Monate waren vergangen, seitdem er Saloniki Hals über Kopf verlassen hatte. Um nicht unnötig Spuren zu hinterlassen, hatte er zunächst kein Anwesen gekauft, was einen Notartermin und diverse Anmeldungen und Überweisungen zur Folge gehabt hätte. Alles zwar unter falschem Namen, aber unnötige Risiken sollte man in diesem Gewerbe nicht eingehen.

Und so mietete er ein kleines Appartement zunächst für drei Monate und zahlte bar im Voraus. In vielen anderen Ländern hätte dies ein Fragezeichen im Gesicht zur Folge, nicht aber in Griechenland. Der Vermieter strahlte und versprach Resniak, ihn wenn möglich nicht zu stören. Die Legende des Schriftstellers, der für sein neues Buch Ruhe sucht, war immer wieder verwendbar. Sie erklärt, warum der Bewohner nicht zu festen Zeiten arbeitet und auch manch anderes Verhalten, das von der Norm abwich. Man sollte nur immer erwähnen, dass man unter Pseudonym schreibe, was Nachforschungen praktisch unmöglich macht.

In den sechs Monaten hatte Resniak seine Lage überdacht. Für einen endgültigen Ruhestand war er zu jung. Und auch nicht geeignet: er MUSSTE etwas tun und außer seinem Beruf konnte er nichts. Er rang mit sich, ob er nicht wenigstens mit seiner ersten Agentur wieder Kontakt aufnehmen sollte. Er glaubte nicht, dass die hinter dem Attentat auf ihn stecken. Deren Aufträge liefen alle glatt. Aber sie waren nicht lukrativ genug und so nahm er auch Aufträge von anderen Anbietern an. Es war einer von denen, stellte Adam final für sich fest. Und so nahm er vorsichtig Kontakt zu seinem ersten Vermittlungsbüro auf. Dort war man mehr als erfreut, von ihm zu hören, was Resniak beruhigte. Offensichtlich hatte sich sein letzter Fehlschlag doch nicht herumge- sprochen. Und so bekam er auch gleich einen Auftrag, der relativ wenig Risiko mit sich brachte. Er spürte, wie seine Lebensgeister zurückkehrten. Endlich konnte er wieder das tun, was ihm am meisten Befriedigung verschaffte: Menschen umbringen.

Kurz darauf fasste Resniak einen zweiten Ent- schluss: er würde auf Mykonos sesshaft werden, was immer auch „sesshaft" bei einem Profikiller bedeutet. Ihm gefiel die Insel und vor allem die Möglichkeit, jederzeit in jede Richtung fliehen zu können. Zu diesem Zweck hatte er sich ein kleines, unauffälliges Sportboot geleistet.

Warum bin ich nicht schon früher auf Mykonos gekommen?

9

Als Angelos Nikakis zuhause in Ornos eintraf, stand ein Lieferwagen auf seinem Parkplatz. Schon seit Wochen waren im Nachbarhaus Handwerker zugange, die das zum Teil verfallene Haus in griechischer Geschwindigkeit wieder bewohnbar machten. Hieß: Gearbeitet wurde in der Regel von acht bis zwölf, nachmittags dann mit reduziertem Engagement. Was Angelos verstand: in praller Hitze auf dem Dach herumkraxeln – da würde auch ich passen. Knurrend parkte er den SUV am Stadion um die Ecke und lief zum Haus.

„Ich glaube, heute sehen wir zum ersten Mal unseren neuen Nachbarn", sagte er zu Alex und deutete zum Fenster.

„Hauptsache keine Kinder", antwortete Alex lapidar. Und tatsächlich fuhr kurz darauf der neue Nachbar in einem unscheinbaren Citroen vor.

„Zumindest keiner aus der Schicki-Micki-Szene, sonst würde er einen anderen Wagen fahren!" Jetzt kam auch Alex ans Fenster und besah sich den neuen Mann von nebenan.

„Schwul?", fragte er.

„Puh. Alleinstehend, Ende dreißig schätze ich mal. Wenn, dann einer von der härteren Sorte", antwortete Angelos.

Der Mann trug eine Kiste ins Haus und dabei konnte man sehen, dass er durchaus Muskeln hatte.

„Kein Schönheit. Schau dir mal die Haare auf den Armen und dem Rücken an", sagte Angelos.

„Sollten mir jemals Haare auf dem Rücken wachsen, erschieß mich bitte", fügte er hinzu.

„Ich habe auch ein paar", wand Alex ein.

„Stimmt. Aber als ich sie zum ersten Mal gesehen habe, war es schon zu spät", antwortete Angelos grinsend.

„Selbst schuld. Keiner hat dich gezwungen, gleich in der ersten Nacht mit mir zu schlafen!"

„Es war eher die erste Stunde. Du hast mich kaum zu Wort kommen lassen!"

„Bereust du es?", fragte Alex und hätte sich ohrfeigen können.

Angelos fror das Gesicht ein.

„In solchen Momenten schon!"

Alex versuchte, schnell das Thema zu wechseln.

„Was ist mit der Leiche?"

„Was soll mit ihr sein? Es fehlt noch mindestens die Hälfte. Schau doch raus. Bei Windstärke 7 kannst du gar nichts machen. Du bist doch von hier!"

„Probieren wir es halt morgen von Neuem", schlug Alex vor.

„Schön, dass du noch ‚Wir' sagst", konterte Angelos.

„Hast du schon einen Namen?"

„Ja. Antonis Kyriakos. Archäologe. Leider fehlt mir noch das passende Gesicht dazu", sagte Angelos.

Mir fehlt. Aha, dachte Alex.

Der Riss ist da und wird größer.

10

Es war still im Auto, als Alex und Angelos zunächst zum Hafen fuhren und dann zur Insel übersetzten.

Der Wind hatte deutlich nachgelassen. Und so liefen die beiden samt dem archäologischen Leiter von der neuen Anlegestelle zum antiken Theater.

„Die Leichenteile müssen sofort weg. Sie fangen an zu stinken. Unzumutbar für Besucher und Angestellte", knurrte Papadopoulos.

„Ich glaube, auch Herr Kyriakos hält seinen Zustand für unzumutbar. Wer möchte schon in vierzig Einzelteile zerlegt werden? Sie?", giftete Angelos zurück.

„Ich kann mir nicht viel Mitleid leisten. Davon kommt er auch nicht zurück. Aber noch einen Tag Besuchsverbot kann ich mir nicht leisten. Sonst steigt mir die Gemeinde aufs Dach. Ach, das sind ja SIE!", gab Papadopoulos zurück.

Vollidiot, dachte Angelos.

„Sie können morgen wieder öffnen. Können wir uns jetzt bitte dem Tatort widmen?", fragte Angelos.

Papadopoulos nickte und sie erreichten das Theater.

Das antike Theater von Delos gehörte zu den besser erhaltenen Gebäuden – oder besser: Ruinen. Bühne, Teile der Säulenumrandung und die erste Zuschauerreihe waren noch deutlich erkennbar.

„Warum haben die in der ersten Reihe Lehnen?", fragte Alex.

„Weil dort die besseren Leute saßen. Das Fußvolk saß auf Bänken", antwortete Angelos, der Delos als Bürgermeister natürlich kennen musste.

„Zu meiner Schande muss ich gestehen: ich war erst ein Mal auf Delos. Und ich bin hier geboren", sagte Alex etwas kleinlaut.

„Banause", antwortete Angelos, lächelte aber breit.

„Also, Herr Papadopoulos: wir brauchen Ihre Hilfe. Was war vorher schon Ruine und was wurde durch die Explosion zerstört?", fragte Alex.

„Ausgangspunkt der Explosion war wohl hier, im Bereich der hintersten Reihen. Sieht jedenfalls so aus", ging Angelos dazwischen. Am Tag zuvor hatte man durch Wind und Staub wirklich nichts erkennen können.

„In manchen Leichenteilen stecken Holzreste. Aber Holz kann ja kaum 3.000 Jahre alt werden. Schon gar nicht mit Buntlack", sagte Angelos grinsend.

„Die meisten Kollegen haben in ihren Bereichen Holzkisten stehen. Darin sind ihre Geräte. Pinsel und so weiter", antwortete Papadopoulos.

„Also war die Bombe wohl in dieser Werkzeugkiste", stellte Alex fest. „Wer hat Schlüssel dafür?"

„Nur der Betreffende. Aber es sind nur normale Vorhängeschlösser. Sie sollen nur Touristen davon abhalten, Souvenirs mitzunehmen. Ganz normale Pinsel, wie man sie in jedem Baumarkt kaufen kann. Unfassbar."

„Ach wissen Sie: es gibt Menschen, die zahlen für getragene Unterhosen, obwohl es sie neu billiger gibt", gab Angelos zurück.

„Ihr Prinz vielleicht?", fragte Papadopoulos grinsend.

Nur mit Mühe konnte Alex verhindern, dass Angelos auf Papadopoulos losging.

Wütend ging Angelos zwei Reihen nach vorne, bückte sich und hielt etwas Undefinierbares in der Hand.

„Schau mal, Alex. Ein Hoden von Herrn Kyriakos!" Papadopoulos musste sich übergeben. Und zwar nicht nur einmal.

„Das war aber nicht nett", flüsterte Alex Angelos ins Ohr. „Was ist es wirklich?"

„Ich denke, Gewebeteile von einem Schenkel!"

„Ich gehe jetzt besser", meinte ein derangierter Papadopoulos.

„Das bekommt er wieder zurück", schimpfte Angelos.

„Und? Stimmt es? Hat Khaled getragene Unterhosen von dir?", fragte Alex.

„Geht dich nichts an", knurrte Angelos.

„Klar. Bin ja auch nur dein Mann!"

„Ehestreit oder Tatortbegehung?", fragte Angelos.

Alex bevorzugte doch die Tatortbegehung.

11

Auch die Rückfahrt verlief weitestgehend still.

„Angehörige?", fragte Alex kurz und knapp.

„Giorgios sagt, Kyriakos habe einen Bruder in Athen", antwortete Angelos.

„Anrufen oder Hinfahren?"

„Möchtest du einen Anruf bekommen, dass dein Bruder in vierzig Teile zerlegt wurde?"

„Soll ich mit?", fragte Alex.

„Nein. Denk lieber darüber nach, ob du mir noch ewig etwas vorhalten willst, zu dem du deine Zustimmung gegeben hast!"

„Ich habe einer Nacht zugestimmt. Nicht, dass du dich neu verliebst", gab Alex zurück.

„Du glaubst, man könne Liebe kontrollieren? Dann denk mal an unseren ersten Tag", knurrte Angelos.

Als sie zuhause ankamen, sahen sie noch, wie ihr neuer Nachbar ihre Gartentüre schloss und wieder zurück zu seinem Haus ging.

„Oh je, Begrüßungsbesuch", sagte Alex.

Zumindest deutete die Flasche Wein in der Hand des Nachbarn darauf hin. Und tatsächlich kam er auf die beiden zu.

„Buon giorno. Oder besser: Jassas! Ich bin Marco Tardelli, Ihr neuer Nachbar. Ich dachte, ich stelle mich mal vor!"

Tardelli trug Jeans und T-Shirt. Trotz Shirt quollen die Haare am Hals hervor.

„Na, dann herzlich willkommen", sagte Angelos und die drei gingen hinein.

„Espresso? Ein Italiener braucht doch nichts anderes, oder?", fragte Alex.

Tardelli lachte.

„Stimmt. Schön haben Sie es hier", sagte er und betrat die Küche.

Er erstarrte, als er die acht Monitore an der Wand sah.

„Also entweder sind Sie ein Stalker-Pärchen oder Sie arbeiten beim Geheimdienst", sagte er.

Angelos lachte.

„Fast. Irgendwie sind Kommissare ja Stalker. Und außerdem bin ich der Bürgermeister dieser verrückten Insel. Aber glauben Sie ja nicht, Sie könnten bei uns klingeln, wenn der Strom ausfällt. Vor zwölf Uhr bin ich nicht im Dienst", antwortete Angelos.

„Italienische Verhältnisse. Gefällt mir", sagte der Nachbar.

„Zwei Männer in einem Haus. Schwul?"

Angelos nahm Alex in den Arm und küsste ihn auf die Backe.

„Sonst noch Fragen?"

Tardelli lachte wieder.

„Gleichgesinnte. Nur dass ich allein bin. Aber das möchte ich gerne ändern!"

„Dann gibt es wohl keinen besseren Ort als Mykonos", sagte Angelos.

„Irgendwelche Tipps?"

„Oh je. Wir sind sozusagen vom Markt. Der Strand für Ältere ist ‚Elia'. Und in den Beachclubs sind meist nur Junge unterwegs. Die klassischen Bars sind in der Chora", antwortete Alex.

„Na dann, auf gute Nachbarschaft. Ich mache mich jetzt fertig für die erste Nachttour!"
Sprach's und verschwand.

„Nett", sagte Angelos.

„Haarig", sagte Alex.

12

Zwei Tage später flog Angelos alleine nach Athen, um Antonis Kyriakos´ Bruder aufzusuchen, ihm die schlechte Nachricht zu überbringen und Näheres über das zerfetzte Opfer zu erfahren.

Die Befragung der Kollegen erbrachte nichts Verwertbares und dauerte Stunden.

Angelos Nikakis hasste Athen. Für ihn war es ein Tatort in eigener Sache. Der Ort seiner Vergewaltigung. Aufenthalte in Athen, die sich sowohl als Kommissar wie auch als Bürgermeister nicht ganz vermeiden ließen, beschränkte er auf das Nötigste. Einen großen Bogen machte er um das Viertel, indem das Verbrechen geschah.

Gott sei Dank lag Nikos Kyriakos´ Wohnung in Rafina, im Osten der Stadt, weit genug entfernt von … Angelos bekam Gänsehaut und die Bilder jenes Tages erschienen ihm wieder im Geiste.

Das Taxi mit dem unvermeidlich afrikanischen Fahrer hielt vor einem schäbigen Hochhaus, einem Wohnbunker aus den Sechzigern.

Was immer Nikos auch beruflich tat, große Reichtümer kann es ihm nicht eingebracht haben. Die Wohnungstüre öffneten sich und heraus schaute eine Mitvierzigerin mit schmalen Lippen, für jeden Mann Alarmzeichen Nummer 1. Als hätte sie es schon geahnt, sagte sie:

„Sie sehen nach Polizei aus. Nur hereinspaziert. Nehmen Sie ihn am Besten mit. Egal für was!"

Sie lotste Angelos in die Küche und brüllte quer durch die Wohnung:

„Nikos! Küche! Polizei!"

Nikos Kyriakos tat ihm jetzt schon leid und es wurde nicht besser, als Nikos die Küche betrat. Er war das wandelnde Elend.

„Angelos Nikakis, Kripo Mykonos!"

Kyriakos zeigte sich wenig überrascht.

„Kripo Mykonos? Dann sind Sie der Kommissar mit dem Prinzen? Mein Bruder hat es mir erzählt. Gott – ich beneide Sie …", sagte er über- raschend. Angelos war perplex.

„Warum?"

„Haben Sie meine Frau nicht gesehen und gehört? Da kann man nur schwul werden!"

Als hätte er es geahnt, öffnete sich die Türe und das wütende Gesicht seiner Frau erschien:

„Ach, Herr Kommissar, eines noch: Sprechen Sie einfache Sätze. Etwas Anderes versteht er nicht!"

Rumms und zu war die Tür.

„Mein Beileid", sagte Angelos. „Keine Flucht möglich?"

„Kinder", lautete die resignierende Antwort.

„Tja, das zumindest bleibt mir erspart", sagte Angelos. „Aber ich bin nicht wegen Ihrer Ehe-probleme hier, sondern wegen Ihres Bruders! Es tut mir leid, Ihnen sagen zu müssen, dass er tot ist!"

Nikos Kyriakos schaute wie ein Fragezeichen, sagte aber zunächst nichts.

Dafür schaute seine Frau wieder in die Küche. Natürlich hatte sie gelauscht.

„Ich wusste es. Dein sauberer und so erfolgreicher Bruder. Dreck am Stecken hatte er", keifte sie.

„Raus hier", brüllte Angelos und erstaunlicher-weise ließ sich die Frau aus der eigenen Küche werfen.

„Können Sie nicht noch ein wenig bleiben?", fragte Nikos. Es folgte Stille.

„Antonis. Er war besser dran als ich. Solo. Konnte manchen, was er wollte. Und konnte seinen Traumberuf ergreifen. Archäologe. Und das auf Delos. Das war ursprünglich *mein* Traum. Aber statt Xanthippe als Statue hab ich sie lebendig bekommen. Armer Antonis. Ich nehme an, es war ein Unfall?"

Tod auf Mykonos bedeutet of: Verkehrsunfall.

Angelos schüttelte den Kopf.

„Er wurde durch eine Explosion getötet", sagte Angelos.

„Im Wohnhaus?", lautete die berechtigte Frage.

„Nein. Auf Delos", antwortete Angelos.

Nikos wurde zum lebenden Fragezeichen.

„Was soll da explodieren? Eine Gasflasche?"

Angelos schüttelte den Kopf.

„Es war eine Bombe im Werkzeugkasten Ihres Bruders. Er sollte gezielt getötet werden!"

„Ein Mord? Sie machen Witze. Er war Archäologe!", sagte Nikos.

„Eben. Feinde auf der Insel hatte er keine. Und auch unter den Kollegen war er eigentlich beliebt. Gut, da müsste man noch etwas nachbohren, aber mir geht es um sein familiäres Umfeld. Wie war Ihr Verhältnis zu Ihrem Bruder?"

„Nach der Hochzeit haben wir uns nur noch sporadisch gesehen. Ich bin ehrlich: ich war neidisch auf ihn und habe es nicht ertragen, zu sehen, wie er das tun konnte, was mir verwehrt blieb. Aber ich habe mir gesagt: er kann nichts dafür und ist nun mal mein Bruder. Oder war. Jedenfalls habe ich den Kontakt wieder aufgenommen und danach kam er alle zwei Monate zu mir. Wenn er von Delos erzählte, gab es mir zwar einen Stich, aber ich hatte mich im Griff. Ich hatte also keinen Streit mit ihm. Andere? Glaube ich nicht. Er war ein jovialer Typ. So wie ich, bevor ich

… na ja … Sie wissen schon! Wer ist für die Beerdigung zuständig?"

„Sie sind der nächste Angehörige", sagte Angelos und merkte, wie Nikos schwindlig wurde.

„Oh Gott, wovon soll ich das bezahlen?"

„Ich glaube, eine Beerdigung fällt aus. Er sieht nicht mehr allzu gut aus", sagte Angelos vorsichtig.

„Was heißt das?"

„Er besteht aus 45 Teilen, aber noch haben wir noch nicht alle gefunden. Der Kopf fehlt uns noch!"

In diesem Moment sackte Nikos vom Stuhl. Angelos rief nach Nikos´ Frau, die vollkommen ungerührt blieb angesichts ihres bewusstlosen Gatten. Sie schüttete ihm eine Tasse Wasser ins Gesicht.

„Wie liebevoll", knurrte Angelos.

„Ich wusste, dass es so kommen würde. Irgendwas ist da faul. Von einem Moment auf den anderen hatten sich die beiden wieder lieb und trafen sich häufig.

„Halt die Klappe", raunzte Nikos, der wieder zu sich kam.

„Können Sie mir vielleicht erklären, was Ihre Frau gemeint hat?"

„Ich habe nicht die geringste Ahnung. Sie sieht es nicht gerne, wenn ich mich überhaupt mit anderen unterhalte."

„Was machen Sie beruflich?", fragte Angelos und merkte, dass Nikos die Antwort schwerfiel.

„Ich arbeite im Kultusministerium!"

„Geht es etwas genauer?", hakte Angelos nach.

„Ich bin für Ausfuhrgenehmigungen von antiken Gegenständen zuständig. Aber nicht allein. Ich mache nur den Stempel drauf!"

„Es werden antike Funde ausgeführt?", fragte Angelos überrascht. „Die gehören doch in griechische Museen!"

Nikos lächelte.

„Ach, Herr Kommissar. Sie sind nicht vom Fach, was ich Ihnen nicht vorwerfe. Es kommt vor, dass ausländische Museen Artefakte ankaufen. Manche können nur im Ausland restauriert werden. Hinzu kommen Ausstellungen in der ganzen Welt. Und dann gibt es Gegenstände, die auf dem freien Markt verkauft werden, weil sie tausendfach vorhanden sind. Was glauben Sie, wie viele Amphoren in Griechenland gefunden wurden oder täglich werden. Sie sind archäologisch wertlos und bringen so noch Geld ins Land!"

Im Grunde genommen logische Erklärungen, dennoch blieb bei Kommissar Nikakis ein unterschwelliges Gefühl.

Das Opfer: Archäologe.

Der Bruder: Im Ministerium zuständig für Exportgenehmigungen. Komischer Zufall.

„Gut. Das wär´s erstmal. Die Identifizierung der Leiche entfällt, da Antonis´ DNA ermittelt wurde. Es wird Ihnen in den nächsten Tag die Urne zugestellt!"

Per UPS. Vorsichtig öffnen, sonst verteilt sich
Antonis auf dem ganzen Küchenboden.
Hätte Angelos gerne hinzugefügt, unterließ es
aber.
Als Angelos die Wohnung verlassen hatte, öffnete
sich noch einmal die Türe. Nikos´ Frau.
„Glauben Sie kein Wort. Da lief irgendetwas
zwischen den beiden!"
Angelos ging endgültig.
Gott sei Dank bin ich schwul. Ich hätte sie schon
erschlagen und dafür bekäme man höchstens
einen Strafzettel.

13

Die Befragung dauerte nicht so lange wie
gedacht, denn Angelos benötigte mehr
Informationen über die Tätigkeit von Nikos
Kyriakos und die würde er nicht von ihm selbst
bekommen. Jedenfalls nicht die entscheidenden.
Wenn der Taxifahrer sich beeilt, erwische ich sogar
noch die 13.00-Uhr-Maschine, dachte Angelos.
Zu Angelos´ Überraschung buchte Volotea ihn
anstandslos um und: er musste nichts bezahlen.

„Seit wann ist Volotea denn so großzügig?"
„Weil wir hoffen, Sie und Ihr Prinz fliegen in Zukunft mit uns. Von Mykonos nach Athen lohnt sich kein Learjet!"
Die Dame am Check-In war also an jenem Abend, als Khaled auf Mykonos landete, auch im Tower gewesen. Zusammen mit gefühlt fünfzig anderen.
„Hätte Volotea gerne ein Foto von uns?", fragte Angelos leicht gereizt.
„Volotea vielleicht nicht. Aber ich! Guten Flug!"

Angelos landete um 13.35 Uhr und überlegte kurz, ob er ins Rathaus fahren sollte, aber da er keine Termine hatte, beschloss er, nach Hause zu fahren.
Er parkte etwas weiter vom Haus entfernt. Um diese Zeit schien ganz Ornos zum Einkaufen zu fahren – der größte Supermarkt lag nur wenige Häuser weiter. Auf seinem kurzen Weg sah er das Auto des Nachbarn. Hoffentlich sieht er mich nicht, dachte Angelos. Er hatte keine Lust auf Small-Talk.
Er betrat das Haus und war erstaunt: Alex war nicht da. Normalerweise erledigte er ab 12 Uhr den polizeilichen Papierkram, überprüfte die Kameras – und betrachtete das Getümmel in der Altstadt auf den Monitoren. Viel effektiver als Streifendienst. Und bequemer.
Espresso, dachte Angelos, aber der Wasserbehälter war leer. Als er ihn auffüllen wollte, kamen nur noch Tropfen aus dem Hahn.

Na bravo.

Wieder einmal hatte sich der Schlauch am Tank gelöst, weil die Schelle nicht mehr neueren Datums war. Das Problem: der Tank stand auf dem Dach und hinauf ging es nur mit Leiter. Angelos fluchte. Er ging nach draußen, nahm die Leiter, die an der Hausmauer lag, und lehnte ihn an die Wand.

Als er oben ankam, sah er die Bescherung. Die Schelle hatte sich komplett gelöst und Angelos stand in einer Wasserlache. Er beschloss, erstmal zwei Minuten Luft zu holen und lehnte sich an den Tank. Eigentlich eine schöne Aussicht.

Und dann hatte er eine Art „Erscheinung". Er sah, wie Alex, nur mit einem Handtuch bekleidet, aus dem Gartenhäuschen des Nachbarn herauskam und hinter das Haus rannte. Der Vorgang dauerte keine zwei Minuten.

Zunächst dachte Angelos, sein Gehirn habe ihm einen Streich gespielt. Eine Fata Morgana Greco sozusagen. Doch kurz darauf verließ auch der Nachbar den Gartenschuppen. Im Gegensatz zu Alex hatte er es nicht eilig. Auch er trug keine Kleidung, nicht mal ein Handtuch. Man konnte ihn in voller Haarpracht bestaunen. Gut – er konnte nicht ahnen, dass Angelos auf dem Dach stand. Aus welchen Gründen auch immer zückte Angelos sein Handy und machte einige Fotos. Tardelli streckte sich und lächelte.

Es war klar, was im Schuppen passiert war.

Angelos war wie gelähmt.

Alex und dieser Primat?

Vorsichtig stieg er die Treppen hinunter. Der Wassertank war unwichtig geworden.

Angelos ging in die Küche. Nächster Espresso. Dreifach. Wasser aus Flasche.

Er hat mich betrogen. Mal sehen, ob er mich auch belügt. Beides habe ich nie getan, dachte Angelos. Er hätte verzweifelt sein sollen, war es aber nicht. Und noch kam auch keine Wut auf. Da war nur Leere.

Zehn Minuten später kam Alex zur Tür herein.

„Agapi-mou, was machst du denn schon hier?" Er küsste Angelos auf den Kopf.

Angelos schüttelte es.

„Wie war dein Tag?", fragte Alex.

„Gut. Ich war bei Kyriakos in Athen und ich habe eine Ahnung, um was es gegangen ist. Tja und dann habe ich den Wassertank auf dem Dach repariert!"

Alex fiel die Espressotasse aus der Hand.

„Weißt du, von dort oben hat man eine schöne Aussicht!"

„Auf was?", presste Alex hervor.

„Zum Beispiel auf den Strand und das Nachbarhaus!"

„Ja, äh, Tardelli hat mich auf einen Kaffee eingeladen", sagte Alex, allerdings ohne Angelos anzuschauen.

Aha. Ich wusste nicht, dass man den Rüssel in die Tasse hängen muss, um zu trinken", sagte Angelos ruhig.

Er hat mich betrogen. Und belogen.

„Und dann mit diesem Gorilla, dem die Haare waagrecht aus Nase und Ohren wachsen!"

„Nicht jeder kann so schön sein wie du", knurrte Alex.

„Mehr fällt dir nicht ein?"

„Du hast zuerst mit einem anderen geschlafen", ging Alex in den Angriff über.

„Das war etwas anderes. Khaled hat uns beiden das Leben gerettet. Schon vergessen? Zehn Sekunden später hätten wir einen Kopfschuss verpasst bekommen. Und er hatte sich eine Nacht mit mir gewünscht, er hat es nicht verlangt. Und ich habe es dir erzählt. Ich habe es nicht einfach getan. Ich habe dich GEFRAGT und du hast ‚ja' gesagt. Bei einem ‚Nein' hätte ich es nicht gemacht. Ich habe dich also weder betrogen noch angelogen!"

Alex setzte sich an den Tisch und vergrub das Gesicht in den Händen.

„Es kommt immer noch nichts?", hakte Angelos nach.

„Was soll ich sagen? Ich habe nur dem Sex zugestimmt. Nicht aber, dass du dich in ihn verliebst. Du bist mein Mann! Weißt du, wie ich gelitten habe? Täglich damit rechnen zu müssen, dass du zu deinem Scheich rennst!"

Alex wurde immer lauter.

„Wie oft habe ich dir gesagt, dass ich bei dir bleibe, Khaled hin, Khaled her. Wo war ich denn die ganze Zeit? HIER! Bei meinem Mann!"

„Aber wie lange noch? Irgendetwas ist nicht mehr wie vorher!"

Angelos lachte hämisch.

„Da hast du wohl recht. Mein Mann hat mich belogen und ist mit einem Affen aus der Nachbarschaft ins Bett gestiegen. Halt! Nein, es war das Gartenhaus. Du solltest schnell duschen, nicht, dass die ganzen Haare festkleben", brüllte Angelos.

„Ich habe dich nie betrogen. Kein einziges Mal. Obwohl du es mir mehrmals unterstellt hast. Es war nie irgendetwas", sagte Angelos, nun etwas leiser.

„Glaubst du vielleicht ich?", hielt Alex dagegen.

Angelos lachte.

„Und was war das heute? Wenn es wenigstens mit André gewesen wäre!"

André war der Chefarzt der Klinik, der eindeutig in Alex verliebt war und deswegen Angelos nicht leiden konnte.

„Ich weiß auch nicht. Schön ist Tardelli nun wirklich nicht. Es war wohl der Frust. Es tut mir leid", sagte Alex leise.

„Ich kann das ‚es tut mir leid' nicht mehr hören. Du musst vorher überlegen, bevor du etwas tust. Entschuldigungen sind wohlfeil!"

Danach herrschte Stille im Hause Nikakis.

„Dann gehe ich jetzt nach oben und packe ein paar Sachen. Alles weitere regeln wir die nächsten Tage", sagte Angelos.

Alex erstarrte und begriff zunächst nicht die Tragweite des Geschehenen.

„Angelos, bitte. BITTE!"

Aber Angelos sagte nichts.

„Dann rennst du bestimmt gleich wieder zu deinem Scheich", brüllte Alex nach oben.
Angelos kam aus dem Schlafzimmer gerannt.
„Er heißt KHALED. Und er liebt mich. Er geht nicht fremd. Schon gar nicht mit laufenden Bürsten!"
Angelos stürmte die Treppen hinunter und verließ das Haus.
Langsam erreichte das Geschehene Alex´ Gehirn und dies beschloss, abzuschalten.
Alex fiel in Ohnmacht.

14

Auch Angelos ließen die Ereignisse nicht kalt. Noch auf dem Dach empfand er: nichts. War es der Schock? Und nun brach die Welle der Fragen über ihn herein:
Nutze ich Khaled aus, wenn ich ihn jetzt rufe?
Reicht mein Gefühl für Khaled aus für eine glückliche Beziehung?
Muss ich als Bürgermeister zurücktreten?
Wie soll die Ermittlungsarbeit in Zukunft laufen? Geht das mit zwei geschiedenen Kommissaren überhaupt?
Will ich eine Scheidung?
Wieder schüttelte es ihn beim Gedanken an Alex und den haarigen Nachbarn.

Fern schienen die glücklichen Tage. Fern der Alex, der alles für ihn tat. Vielleicht lag darin schon der Grund für das Ende. Die Art und Weise, wie Alex Angelos vergötterte, musste eines Tages ins Gegenteil umschlagen.

Und zwar dann, als ein dritter Mann auftauchte. Khaled.

Angelos wusste nicht, ob er diesen Tag verfluchen sollte. Oder sollte ich dafür dankbar sein, fragte sich Angelos.

Er holte tief Luft, ließ den Motor an, aber wohin? Egal. Weg hier. Ich will nicht sehen, wie Alex zu dem Gorilla rennt.

Angelos fuhr nach Kalafati und parkte den Wagen oberhalb der Bucht. Es war sein Lieblingsplatz auf Mykonos.

Er musste sich entscheiden. Khaled rufen oder eine gewisse Zeit allein leben?

Er brauchte keine drei Sekunden, um sich einzugestehen, dass er nicht allein sein konnte. Vielleicht eine Folge seiner Vergewaltigung.

Er griff zu seinem Handy:

MEIN SCHEICH. ES IST PASSIERT. WIR HABEN UNS GETRENNT. WÜRDE DICH GERNE SEHEN. BIN VOLLKOMMEN DURCHEINANDER. NATÜRLICH NUR, WENN DU NOCH WILLST. ANGELOS.

Vielleicht hat er ja einen Neuen kennengelernt. In Khaleds Alter, 25, passiert das schnell. Angelos musste grinsen – beim Gedanken daran, dass nun ER der Ältere in der Beziehung sein würde. Gut fünf Jahre Unterschied, wie bei ihm und Alex, nur war Alex in ihrer Ehe der Ältere.

Innerlich leer blickte er aufs Meer.

15

Khaled war wie vom Donner gerührt. DAS war nun der entscheidende Moment seines Lebens, dessen war er sich sicher.

Dann drang die SMS bis in die letzten Winkel seines Gehirns vor. Und Khaled schrie seine Freude heraus!

Jetzt gibt es kein zurück mehr. Ich werde alles genauso umsetzen, wie ich es mir seit der Begegnung mit Angelos Nikakis ausgemalt habe. Der Rücktritt. Der Bruch mit der Familie. Der Verzicht auf Luxus.

NATÜRLICH NUR, WENN DU NOCH WILLST, hatte Angelos geschrieben. Er traut dem Braten noch nicht.

Ich muss aufpassen, damit nichts schiefgeht. Jetzt, da sich ein Traum erfüllt hat, an dessen Verwirklichung ich nicht geglaubt habe. Zu stark schien das Band zwischen Alex und Angelos. Aber es war eine Warnung: Khaled, du musst immer wachsam sein und Angelos nicht vergöttern. Das war wohl Alex´ Fehler. Und musste ins Verderben führen.

Khaled bekam eine Gänsehaut beim Gedanken, ab sofort jede Nacht neben Angelos zu liegen, mit ihm schlafen zu können. Eine Welle voller Energie schwappte durch seinen Körper.

Jetzt nur die richtigen Worte finden.

MEIN TRAUMPRINZ. ENDLICH. ICH BIN DER GLÜCKLICHSTE MENSCH DER WELT. MACHE MICH SOFORT AUF DEN WEG. HALTE DURCH. ICH LIEBE DICH. KHALED.

Und jetzt muss ich sofort von hier weg. Aber ich bin mitten in der Negev-Wüste. In einem Land, in dem ich nicht sein dürfte.

Er ging ins Zimmer der Herren des israelischen Geheimdienstes.

„Meine Herren, ich muss die Gespräche unterbrechen. Es sind lediglich private Gründe, es gibt keinen politischen Hintergrund. Aber …"

Einer der Männer lächelte.

„Sie müssen dringend nach Mykonos. Habe ich recht?"

Khaled entgleiste das Gesicht.

„Woher …"

„Ach, kommen Sie. Wir sind ein Geheimdienst, wir MÜSSEN so etwas wissen!"

Der Mann öffnete ein Dossier und nahm eine Fotografie heraus.

„Angelos Nikakis. Eine Schönheit. Und dazu clever. Sagen zumindest unsere Freunde vom griechi-

schen Geheimdienst. Hat er jetzt endlich ‚ja'
gesagt?"

Khaled nickte.

„Dann bringen wir Sie sofort nach Amman. Von
dort können Sie dann mit Ihrem Jet nach Mykonos
fliegen. Sie wollen gleich los?"

Khaled nickte heftig.

Gott, ist der verknallt, dachte der Mann vom
DIENST, wie sich der israelische Geheimdienst
selbst bezeichnete.

Er hatte Mitleid mit Khaled. Seine Familie würde
ihn verstoßen. Eine Welle von Hass würde über ihn
hereinbrechen und zwar nicht nur ein
gewöhnlicher Shitstorm.

Wir brauchen diesen Mann aber noch. Vielleicht
sollten wir ihn, nun, sagen wir: begleiten?
Zumindest dezent.

„Dann, Königliche Hoheit: viel Glück!"

16

Auch Angelos freute sich. Gib es endlich zu. Jetzt musst du keine Rücksicht mehr nehmen. Lass deinen Gefühlen freien Lauf. Und ja. Ich liebe Khaled. Aber einfach wird es nicht. Khaled steht – noch – in der Öffentlichkeit. Ich etwas weniger, aber … Hoffentlich stehen wir das durch.

BIN IN DREI STUNDEN DA. FREUE MICH AUF UNSERE ERSTE NACHT ALS RICHTIGES PAAR😊.

Angelos lächelte. Sind wir wirklich ein richtiges Paar? Ja, das werden wir.

Am Flughafen bot sich das übliche Bild, wenn die Nachricht eintrifft, eine Diplomatenmaschine würde außerplanmäßig auf JMK landen.
Zwar gab es genügend Politiker und Promis, die auf Mykonos landen, aber die Jets hatten in der Regel keine emiratische Kennung. Und außerdem war es die gleiche wie bei den letzten Besuchen des Kronprinzen.
Noch immer hatten nicht alle Insulaner Kronprinz und Bürgermeister live gesehen und so füllte sich der Tower in kürzester Zeit.
Wenige Stunden später war es soweit. Man hörte das Dröhnen von Triebwerken, ein ganz anderes als bei herkömmlichen Passagierflugzeugen.

Kurz darauf setzte der Jet auf und nahm seine Parkposition ein: genau vor dem Tower.

Klar, dachte Angelos, genau dorthin lotsen sie ihn. Damit sie alles sehen können.

Die Triebwerke verstummten und die Treppe fuhr aus. Und dann stieg er aus. Aus dem Off konnte man eine weibliche Stimme vernehmen. „Herzlich willkommen auf Mykonos, Königliche Hoheit. Nehmen Sie unseren Bürgermeister bitte nicht mit, wir brauchen ihn noch!"

Angelos reckte den Mittelfinger in Richtung Tower und dann küsste er Khaled. Kein Begrüßungs-küsschen wie die letzten Male, sondern ein heftiger Kuss, in dem sich die ganzen aufgestauten Gefühle der letzten Monate entluden. Dann geschah etwas seltsames. Khaled und Angelos gingen ins Flugzeug und kurz darauf kam die Crew heraus: Zwei Piloten, die Flugbegleiterin und zwei Mann Security.

Dann ging die Türe wieder zu.

Eine Minute später hörte man im Tower Angelos´ Stimme:

„Untersteht euch, das Flugzeug mit Löschschaum zu bespritzen oder mit dem Pusher zu bewegen, sonst fegt ihr ab morgen den Strand!"

Aus dem Tower war lautes Lachen zu vernehmen. „Würden wir niemals tun", sagte der Fluglotse. „Würdet ihr wohl. Saubande!"

Angelos verließ das Cockpit und ging in die Kabine, wo Khaled bereits dabei war, sich seiner Jeans zu entledigen.

„Königliche Hoheit hat es aber eilig", flachste Angelos.

„Königliche Hoheit hat sechs Wochen gewartet", antwortete Khaled.

„Niemand anderes?"

Khaled schaute Angelos entgeistert an.

„Du etwa?"

„Nein. Nicht mal mit Alex", sagte Angelos.

„Darf ich den Herrn Bürgermeister dann in die Dusche bitten!"

Hoffentlich wackelt das Flugzeug nicht, sonst finden wir uns morgen auf „You tube", dachte Angelos.

Offensichtlich bewegte sich der Jet doch, denn von außen hörte man kräftige Bässe:

„Push it!" von Salt-n-Pepa.

„Humor haben diese Idioten", sagte Angelos.

Mit lächelnden Gesichtern saßen Khaled und Angelos in den Sitzen aus Leder.

„Und jetzt erzähl mir bitte, was passiert ist", sagte Khaled.

Angelos schilderte diesen denkwürdigen Tag, der nun – unerwarteterweise – im Jet des Kronprinzen mündete.

Obwohl es mit der ‚Königlichen Hoheit' bald vorbei sein würde.

„ER HAT WAS? Dich mit dem Nachbarn betrogen? Das ist ja wie im schlechten Film", erwiderte Khaled.

„Nebenbei bemerkt ist der Nachbar keine Schönheit. Er besteht fast nur aus Haaren", knurrte Angelos.

„Na, da habe ich aber Glück", sagte Khaled grinsend, dem nur wenig Haare an den Beinen wuchsen.

„Ich weiß, es sieht so aus als würde ich dich als Notnagel benutzen, weil ich nicht allein sein kann, aber …", begann Angelos.

„Notnagel? Der Notnagel hofft seit Monaten darauf, dass er eingeschlagen wird. Auf diesen Tag habe ich gewartet, für ihn habe ich gelebt. Jetzt ist er da. Hoffe ich zumindest. Noch weiß ich nicht, was du vorhast!"

„Was ich vorhabe? Lässt die Begrüßung noch Fragen offen? Alex und der Nachbar haben nur etwas beschleunigt, was ohnehin passiert wäre. Die letzten Wochen waren nur noch der Abgesang. Ich liebe dich. Und ich will mit dir zusammen sein", sagte Angelos.

Khaled stand auf, ging ins Cockpit und rief ins Funkgerät: „Juhu!"

Angelos lachte.

„Hoffentlich spielen sie jetzt nicht den Hochzeitsmarsch!"

Und nach einer kurzen Pause fügte er hinzu: „Bist du dir sicher? Dass du mit einem ganz normalen Mann leben kannst. Ohne den ganzen Luxus und Kronprinzenkram?"

Khaled lachte.

„Ob ich mir sicher bin? Hallo? Ich bin jetzt zum zweiten Male bei einem Hilferuf von dir sofort hergeflogen. Und: sagt mein Gesicht nicht alles?" Und tatsächlich: Khaleds Augen leuchteten.

„Doch. Aber wir werden ein normales Leben führen. Ich bin ein kleiner Bürgermeister und für dich müssen wir eine Beschäftigung finden, sonst stellst du den ganzen Tag jungen Männern nach!"

„Ich heiße nicht Alex. Der wird dir zwar auch versprochen haben, treu zu sein, aber ich werde es immer sein. Vertrau mir und schau mir einfach in die Augen!"

„Heißt: wir versuchen es miteinander?", fragte Angelos.

„Nein. Versuchen ist zu wenig. Ich werde mehr tun. Und du auch", antwortete Khaled.

„Dann hoffe ich nur noch, dass ich nie wieder einen haarigen Nachbar bekomme", flachste Angelos.

„Aber es werden heftige Tage kommen. Du musst es deinem Vater sagen, es wird durch die Medien gehen, man wird dich beschimpfen. Ist es das wert oder besser; bin ich das wert?"

„Tausend Mal ‚Ja'!", sagte ein lächelnder Khaled.

„Praktische Frage: wir brauchen …"

„Hab ich alles schon erledigt. Du meinst ein Hotel?"

Khaled wischte auf seinem Handy herum.

„Villas del Mar in Agios wie-auch immer!"

Angelos verdrehte die Augen.

„Agios Ioannis. Die teuersten Villen der Insel. Ich glaube 9.000 Euro pro Nacht. Wollten wir nicht ein normales Leben führen?"
Khaled lächelte.
„Ein paar Tage darf ich mein Glück doch genießen. Außerdem hat man mir versichert, dass die Villen von einem Sicherheitsdienst hermetisch abgeschirmt werden!"
„Da hast du einen Punkt. Einigen wir uns auf maximal zwei Wochen, in denen wir nach etwas Normalem suchen?"
„Du meist ohne eigenen Concierge und ohne eigenen Koch? Puh. Das wird schwer", sagte Khaled und lachte.
„Meine Kochkünste sind beschränkt".
„Das kann man lernen, Königliche Hoheit", antwortete Angelos.

17

Angelos räkelte sich im Bett.
Khaled kam aus der Dusche, in der ein Heizgebläse Badetücher überflüssig machte.

Was für ein schöner Mann, dachte Angelos.
Die vollen Lippen, die breiten, aber nicht buschigen Augenbrauen, diese leuchtenden grünen Augen. Vom Körper ganz zu schweigen.
Angelos zog eine Schnute.

„Ich hätte nie gedacht, dass ich das einmal sagen würde. Aber du bist tatsächlich schöner als ich. Mist!"

Khaled bog sich vor Lachen.

„Mein bescheidener Bürgermeister. Aber ich kann dich beruhigen: ich bin keine Konkurrenz für dich. Ich weiß schon, dass dir alle hinterherschauen. Frauen wie Männer. Aber zu Recht!"

Khaled legte sich neben Angelos.

„Ich kann mich gar nicht sattsehen an dir!"
Angelos lächelte.

„Hoffentlich ist das in einem Jahr auch noch so!"
„Ich bin nicht Alex. Ich werde jeden Tag beim Aufwachen neben mich schauen und für mein Glück danken", sagte Khaled.

„Lieber Gott, du bist ein Wortkünstler vor dem Herrn", antwortete Angelos lachend.

Kurz flog ein Schatten über Angelos´ Gesicht.

„Du denkst an Alex, oder?", fragte Khaled.

„Auch noch Hellseher? Entschuldige, ich mache mir etwas Sorgen. Er hat so oft gesagt, dass er ohne mich nicht leben könne …"

„…und dich damit unter Druck gesetzt", ergänzte Khaled.

„Na ja, ich glaube, es ist wirklich so!"

„Aha. Und warum schläft er dann mit dem Nachbarn?", fragte Khaled.

„Ich denke, es war eine Art Rache dafür, dass ich mich in dich verliebt habe", sagte Angelos.

„Wofür du nichts kannst. Und ich habe nichts getan, um euch auseinanderzubringen", entgegnete Khaled.

„Außer dass du mich mit Schmeicheleien so überschüttet hast, dass ich wie die Biene in den Honigtopf fallen musste. In einen außergewöhnlich schönen Topf sollte ich wohl hinzufügen, und noch dazu in einen königlichen!"

Angelos grinste und küsste Khaled.

„Na, das ‚königlich' bin ich wohl bald los. Wann holst du deine Sachen bei Alex?"

Angelos legte sich das Kissen über das Gesicht.

„Sag nicht, dass du dir nicht mehr sicher bist", sagte Khaled erschrocken.

Angelos schmiss das Kissen auf den Boden und streichelte Khaled über den Kopf.

„Mein königlicher Idiot. Ich ändere meine Meinung nicht jede Woche. Merk dir das.
Aber es wird wehtun, wenn ich Alex sehe. Alles andere wäre unnormal. Zwar gibt es nicht viel zu regeln. Er bekommt meine Haushälfte und auch sonst will ich nichts", sagte Angelos.

„Das ist sehr großzügig von dir", entgegnete Khaled.

„Aber der Beruf wird zum Problem. Bisher haben wir zusammen ermittelt, weil wir eben beide Kommissare sind. Ob das noch funktioniert, weiß ich nicht. Aber was soll Alex sonst machen? Fortziehen? Wegen mir? Nein, das geht nicht!"

„Vielleicht zieht er ja zu dem haarigen Nachbar. Soll sich der darum kümmern!" Nach einer kurzen Pause fügte Khaled hinzu:

„Nein. Das war gefühllos. Entschuldige. Von mir aus kann alles so bleiben, wie es ist. Auch wenn ich dann die Sorge habe …"

„… dass ich mit ihm im Bett lande? Das meinst du doch!"

„Ich bin ehrlich: ja", sagte Khaled kleinlaut.

„Ich bin noch NIE fremdgegangen. Und werde es auch bei dir nicht tun. Punkt. Aus!"

„Verzeih, mein Süßer. Ich vertraue dir voll und du kannst mir vertrauen. Ich hatte seitdem ich dich kennengelernt habe, nicht mal einen anderen Mann auch nur angesehen", sagte Khaled und wieder leuchteten seine Augen.

„Was erklärt, warum du nicht genug kriegen kannst. Wenn du heute nur noch einmal meine besten Stücke anfasst, fallen sie ab", antwortete Angelos.

„Heute kein Sex? Das halte ich nicht aus", protestierte Khaled.

„Na ja, eine kleine Runde wird schon gehen", meinte Angelos.

„Wann wirst du es deinem Vater sagen?"

„Davor fürchte ich mich noch mehr als du vor der Begegnung mit Alex. Bei mir wird es einen Shitstorm geben. Nicht nur im Netz, sondern vor allem im Fernsehen!"

Wieder einmal wurde Angelos bewusst, was Khaled aufgab und riskierte.

Ein arabischer Prinz, der schwul ist. Und noch dazu mit einem Griechen liiert ist. Den Luxus wird er nicht vermissen, denn ich bin ihm genug, dachte Angelos.

„Wir schaffen das. Alle da draußen können uns mal", sagte er. „Außerdem bestimmen wir den Zeitpunkt!"

Da sollte sich Angelos täuschen.

Denn nur eine Stunde später ging es los.

18

Das Frühstück wurde gereicht. Vom Butler. Zubereitet vom eigenen Koch.

„Das hier muss aufhören. Eine Woche!", protestierte Angelos.

„Hab ich versprochen. In dieser Woche suchen wir uns etwas Schnuckeliges", antwortete Khaled.

„Ich kann mir schon vorstellen, was du dir unter ‚schnuckelig' vorstellst", sagte Angelos lachend.

„Aber du bist nicht mein Sugardaddy, zumal du jünger bist als ich", fügte Angelos grinsend hinzu.

„Es wird ein komplett neues Leben für dich. Ich hoffe, du hast das begriffen. Noch kannst du ..."

„Kann ich was? Einen Rückzieher machen? Bist du verrückt? Ich könnte auch auf eine einsame Insel ziehen, ohne jeden Komfort, nur mit dir!"

Khaled war eingeschnappt.

„Eine einsame Insel? Was würden wir da den ganzen Tag machen? Sex? Dann wäre ich nach einem Monat tot, weil du ein gieriges Monster bist!", stichelte Angelos.

„Entschuldige, ich habe viel nachzuholen. Wenn es dir zu viel wird, dann ..."

Angelos schüttelte den Kopf.

„War ein Scherz. Ich bin 30 und keine 50!", sagte er. Dass er nun der Ältere war, empfand Angelos aber als seltsam.

„Gehört zu einem normalen Haus auch ein Butler und ein Pool?", fragte Khaled grinsend.

„NEIN", sagte Angelos. „Obwohl: ein kleiner Pool wäre nett. Aber nur ein kleiner. Keine Seenlandschaft wie hier!"

„Du entscheidest. Basta. Hätte mir nie geträumt, dass ich je so etwas sage. Niemand entscheidet etwas für einen Kronprinz. Ok, außer meinem Vater", antwortete Khaled.

„Im Ernst. Wir kaufen das Haus, das dir gefällt. Mir reicht, dass du bei mir bist!"

Angelos lächelte.

Hoffentlich funktioniert es. Bis jetzt ist es ein Traum, aber was ist in einem Jahr? Wird er sich langweilen mit mir?

„Und das wird sich nie ändern", sagte Khaled just in diesem Moment.

„Sag mal, du Prinz aus 1001 Nacht, kannst du Gedanken lesen?", fragte Angelos.

„Sag einfach ‚Aladin' zu mir. Nur habe ich keine Wunderlampe, sondern einen Wunder …!"

Angelos prustete los.

„Das Wunderding ist eher ein Folterinstrument, aber ein schönes, mein Aladin!"

Nach dem Frühstück holte Angelos sein Notebook.

„OH HEILIGE SCHEISSE!", rief er.

„Was ist denn?"

„Lies selbst!"

Angelos reichte Khaled das Notebook.

Auf der Seite von n-tv stand als Headline:

KRONPRINZ VON FUDCHEIRAH SCHWUL.

BEZIEHUNG MIT GRIECHISCHEM BÜRGERMEISTER.

PALAST SCHWEIGT. EXPERTEN ERWARTEN
ABSETZUNG VON KRONPRINZ KHALED.
Khaled war kreidebleich und unfähig zu sprechen.
Angelos legte den Arm um ihn und sagte leise:
„Mein Prinz bleibst du. Und wir stehen das
gemeinsam durch. Sie werden es nicht schaffen,
uns auseinander zu bringen! No way!"
Khaled lächelte schwach.
„Im Grunde genommen müsste ich mich freuen.
Alles, was da steht, habe ich mir so gewünscht.
Besonders die Zeile mit dem griechischen
Bürgermeister. Aber ich fürchte mich noch immer
vor meinem Vater. Er ist gefühllos und grausam.
Hoffentlich lässt man wenigstens dich in Ruhe!"
„Das glaubst du selbst nicht. Wir stehen beide mit
heruntergelassenen Hosen da", sagte Angelos.
Khaled lachte.
„Eine schöne Vorstellung!"
Aber aus der „Ruhe für Angelos" würde nichts
werden.
„Oh Mist", sagte Khaled und las vor.
KRONPRINZ WILL SEINEN LIEBHABER,
BÜRGERMEISTER ANGELOS NIKAKIS VON
MYKONOS, HEIRATEN. GEHEIME TREFFEN SEIT
MONATEN. NIKAKIS IST VERHEIRATET, WILL SICH
ABER SCHEIDEN LASSEN.
Jetzt fiel auch Angelos das Gesicht herunter.
„So? Wir wollen heiraten? Da wissen die wieder
mal mehr als die Betroffenen. Und Alex fällt tot
um!"
„Wolltest du dich denn nicht scheiden lassen?",
fragte Khaled.

„Khaled, ehrlich, ich hatte bisher keine Zeit, darüber nachzudenken. Mein Hirn lief auch so schon heiß genug!"

Khaled kämpfte mit sich selbst.

„Angelos. Könntest du dir wenigstens vorstellen, mich zu heiraten?"

Angelos zögerte.

„Mein erster Versuch war nicht sehr erfolgreich", entgegnete Angelos, „aber bevor du dir jetzt unnötig Gedanken machst: ja, theoretisch schon. Nur haben wir jetzt ganz andere Sorgen!"

„Nein. Meine größte Sorge ist, dass du …!"

„Bitte! Fang nicht genauso an wie Alex. Ich liebe dich und hoffe, dass das lange so bleibt. Von mir aus bis zum Ende. Zufrieden?"

Khaled lächelte dankbar – und erleichtert.

„Auf jeden Fall!"

Viel Zeit zu verschnaufen blieb den beiden nicht.

19

Einer der Security-Männer des Villen-Komplexes erschien.

„Draußen steht ein Mann. Er sagt, er arbeite am Flughafen und müsse dringend mit Ihnen sprechen, Bürgermeister. Ich habe versucht, ihn abzuwimmeln, aber …"

„Schon gut", sagte Angelos. „Er soll herkommen!"
Ein sichtlich bedrückter Mann betrat den Rasen. Er hatte keinen Blick für den Luxus. Angelos kannte ihn. Es war Vassilis von der Towerbesatzung.

„Oh, ich wusste nicht … Guten Morgen, Königliche Hoheit", sagte Vassilis.

„Wen meinst du? Ihn oder mich?", sagte Angelos und lachte los.

Khaled grinste.

„Das mit der ‚Königlichen Hoheit' lassen wir gleich weg. Das können Sie den anderen auch gleich sagen. Es reicht ‚Khaled' – hoffentlich bald ‚Khaled Nikakis'!"

Er meint es wirklich ernst, dachte Angelos.

„Zu freundlich, Kö .., äh, Khaled. Aber Sie werden gleich nicht mehr so freundlich zu mir sein", antwortete Vassilis, der immer noch auf den Boden schaute.

„Raus mit der Sprache. Der Emir hat heute seinen gnädigen Tag", sagte Angelos und verwendete den Spitznamen, den mittlerweile die ganze Insel gebrauchte.

„Emir, ich habe etwas dummes angestellt. Als Sie gestern am Flughafen waren und Khaled begrüßt haben, äh, da habe ich ein paar Fotos gemacht!"

„Und? Da waren bestimmt zwanzig Mann im Tower", sagte Angelos.

„Es waren sogar noch mehr. Na ja. Ich hatte meiner Schwägerin in Athen erzählt, dass Sie, äh, ich will Ihnen nicht zu nahetreten, ein Verhältnis mit einem richtigen Prinzen haben. Der Emir und der Prinz. Wie aus 1001 Nacht. Meine Schwägerin hat mir nicht geglaubt. Da habe ich ihr zum Beweis eines der Fotos geschickt. Eines, wo Sie sich küssen. Und diese dumme Kuh hat dieses private Foto gleich an ihre Freundin geschickt, die beim Fernsehen arbeitet. Ich wusste nicht, dass jemand anders das Foto sieht. Ich könnte mich ohrfeigen. Es tut mir leid!"

„Na, dann kennen wir jetzt jedenfalls die Quelle. Mach dir keine Gedanken. Hättest du es nicht gemacht, hätte irgendjemand anders die Fotos verschickt. So kam es nur ein wenig plötzlich. Aber es ehrt dich, dass du zum Beichten hierherkommst, Vassilis! Vergessen wir es einfach", sagte Angelos. Vassilis strahlte vor Erleichterung.

„Gott, bin ich jetzt erleichtert. Man sollte es sich mit dem Emir nicht verscherzen", sagte er lächelnd. „Aber vielleicht darf ich Ihnen noch viel Glück wünschen. Und nochmals Entschuldigung, auch an Sie, Königl .., äh, Khaled"!

„Passt schon", sagte Angelos, „Und jetzt zurück an die Arbeit. Und, Vassilis?"

„Was, Emir?"

„Ich hätte die Bilder auch gerne gesehen, Bitte schick sie mir aufs Handy", sagte Angelos.

Vassilis nickte.

„Die Menschen mögen und respektieren dich. Der Name ist gar nicht so verkehrt. Ein Emir sollte streng, aber auch gütig sein", sagte Khaled.

Angelos lachte.

„Nur ist der Posten des Emirs von Mykonos schlecht bezahlt!"

„Glaube mir, Respekt und Zuneigung sind unbezahlbar", sagte Khaled.

„Du bist 25 und haust mir einen philosophischen Satz nach dem anderen um die Ohren. Ich bin aber nur …"

„… ein kleiner Bürgermeister und Kommissar. Das kannst du in Zukunft lassen. Du bist viel mehr. Du glaubst es nur manchmal nicht. Du bist nicht so selbstsicher wie jeder glaubt. Ich vermute, es kommt von der Vergewaltigung. Ich bin Alex wirklich dankbar, dass er eines dieser Schweine erschossen hat. Und zum Philosophieren: irgendetwas muss ich ja in Harvard gelernt haben", sagte Khaled lächelnd. „Allerdings hat mich dort niemand auf das hier vorbereitet. Das vollkommene Glück!"

Ich liebe ihn mit jedem Tag mehr, dachte Angelos. Hoffentlich hat er die Kraft, den Sturm durchzustehen, der kommt.

Angelos küsste Khaled leidenschaftlich.

„Du riechst irgendwie nach …"

Khaled überlegte, während Angelos die Augen verdrehte.

„Pfirsich, nicht wahr? Jedenfalls hat Alex das immer behauptet. Und mich manchmal ‚mein kleiner Pfirsich genannt'!"

Khaled lachte.

„Das klingt dann doch etwas schwul. Ich bleibe bei ‚Süßer' und ‚Mein Schöner', wenn es dir so passt?"

„Das passt hervorragend. Außerdem ist es auch noch sachlich vollkommen richtig", antwortete Angelos.

Uns beide lachten los.

3000 Meilen entfernt stand ein Mann am Fenster und war nicht so entspannt.

20

Der Emir von Fudscheirah stand am großen Panoramafenster und starrte ins Leere. Er hatte keinen Blick für das Gebirge. Sonst begeisterte ihn die Aussicht und gab ihm Kraft. Doch heute?

Mit der Kraft war das ohnehin so eine Sache. In der Klinik in Dubai hatte man ihm eröffnet, dass er an Bauchspeicheldrüsenkrebs erkrankt war. Und das Ganze sich bereits im fortgeschrittenen Bereich befand. Inoperabel.

Mein ganzes Geld wird mich nicht retten, dachte der Emir. Dabei bin ich erst 63. Kein Alter zum Sterben. Noch wusste es niemand, nicht einmal die anderen Herrscherfamilien der Emirate. Von der Bevölkerung ganz zu schweigen.

Nach einigen Tagen des Schocks begriff er, dass er sich nun verstärkt um die Frage seiner Nach-folge kümmern müsse. Er saß an seinem großen Schreibtisch und betrachtete die Fotos seiner fünf Kinder. Er hatte drei Söhne und zwei Töchter. Letztere schieden aber natürlich aus.

Er nahm die Fotos seiner drei Söhne und stellte sie auf sein Notebook.

Raschid, der Älteste. Ein Taugenichts. Große Autos, Drogen, Frauen. Jede Nacht auf einer anderen Party und was den Emir am meisten störte: er hielt sich mehr in Dubai auf als hier in seinem eigenen Emirat. Nicht die beste Voraussetzung für die Herrschaft über

Fudscheirah. Ob er überhaupt jemals in den Bergen des Gebirges gewesen war? Sicher nicht. Dort gab es keinen Alkohol und keine halbnackten Frauen. Gestrichen.

Ahmed, der Zweitgeborene. Ein Vollidiot vor dem Herrn. Kommt eindeutig nach seiner Mutter. Meine eigene Mutter hatte mich gewarnt, dachte der Emir. Lass dich nicht blenden von der Schönheit. Aicha war keine zwanzig und mehr als attraktiv. Er war damals bereits 36 und sein Vater hatte ihm klargemacht, dass er die Thronfolge vergessen könne, wenn er mit vierzig immer noch unverheiratet sein sollte.

Und da Aicha eine Augenweide war, fiel ihm die Entscheidung leicht. Leider war ich der Einzige, der nicht wusste, dass Aicha strohdumm war. Nicht in dem Sinne, dass sie ungebildet war. Das gehörte zum Erziehungsprinzip bei Töchtern. Nein, es war eindeutig mangelnde Intelligenz und die hatte sich auf Ahmed übertragen. Der fällt also auch aus, dachte der Emir.

Und dann sein ganzer Stolz: Khaled. Wortgewandt, gebildet und gutaussehend. Von nicht geringer Wichtigkeit; das Volk liebte ihn und wäre glücklich, sollte er der neue Emir werden. Studium in Harvard und schon immer interessiert an den Staatsgeschäften. Manch heikle Mission hatte der Emir Khaled übertragen und dieser hatte alle mit Geschick zu einem positiven Ende gebracht. Als ich die Diagnose bekam, war der einzige Trost, dass ich die Geschäfte an meinen jüngsten Sohn übergeben könnte, ohne Sorge um mein Vermächtnis.

Alles war geklärt, dachte der Emir. Bis heute Morgen.

Bis der Chef seines Geheimdienstes hier erschien und zehn Minuten um den heißen Brei herumgeredet hatte. Dem Emir war der Kragen geplatzt. Erst dann rückte Mansoor mit der Wahrheit heraus: „Seine Hoheit, Kronprinz Khaled ist offensichtlich, äh, äh, schwul. Das ist, wenn …"

„Ich bin zwar alt, aber nicht dämlich. Ich warne Sie!", sagte der Emir laut.

Nach einer kurzen Pause fragte er, obwohl er die Antwort schon kannte.

„Khaled liebt Männer? Wie kann das sein?"

„Man wird so geboren. Es ist Gottes Wille", antwortete Mansoor und war selbst erstaunt über seinen Mut.

„Der Koran verbietet Sodomie, also kann es nicht sein, dass …", begann der Emir.

Das übliche Schema, dachte Mansoor. Wir haben 5G im Land, aber Ansichten wie im 18. Jahrhundert. Irgendwann fliegt uns das ganze Emirat um die Ohren. Facebook, Twitter und Koranschulen, die den Wahhabismus predigen. Es wird uns zerreißen.

„Woher wissen Sie es? Sind Sie sich sicher?", hakte der Emir nach.

„Absolut. Es wird überall darüber berichtet und auch meine Quellen in Griechenland bestätigen die Geschichte!"

„Mein Sohn liebt Männer", murmelte der Emir, als könnte er es noch immer nicht glauben.

„Nein, Hoheit. Er liebt EINEN Mann", sagte Mansoor.

„Und wer ist dieses Subjekt?"

„Der Mann heißt Angelos Nikakis und ist Bürgermeister von Mykonos, das ist eine …"

„ICH WEISS WAS MYKONOS IST", brüllte der Emir.

„Ich werde den griechischen Präsidenten anrufen, der soll diesen Sodomiten verhaften!"

Mansoor hätte beinahe – nur beinahe – gelacht.

„Hoheit. Dazu hätte der Präsident nicht das Recht. In Griechenland gibt es keinen Emir, der alles bestimmt. Und die Bürgermeister werden vom Volk gewählt!"

„Man wählt einen Sodomiten?", fragte der Emir ungläubig.

„Ja, ich glaube sogar mit fast 90 Prozent. Der Mann ist beliebt und offensichtlich sehr fähig!"

„Und hat meinen Sohn verführt!"

„Ich widerspreche ungern. Aber es war Khaled, der diesem Nikakis nachgestellt und nicht lockergelassen hat. Dabei war der Bürgermeister schon verheiratet!"

Jetzt verstand der Emir gar nichts mehr.

„Verheiratet mit einer Frau?"

Nein, du Idiot. Mit einem Mann, dachte Mansoor.

„Nein, mit einem Mann. Aber Khaled hat Nikakis wohl den Kopf verdreht. Daraufhin hat der seinen Mann verlassen!"

„Ein Ehebrecher UND Sodomit!"

Nein, ein schwuler Mann, der sich verliebt hat. Etwas ganz Normales. Mansoor seufzte.

„Wir müssen etwas unternehmen. Ich wage mir gar nicht vorzustellen, was man in Dubai und Abu Dhabi denkt", klagte der Emir.

„Es wäre nicht der erste schwule Sohn eines Emirs", wand Mansoor ein.

„Ich warne Sie. Das waren nur böswillige Gerüchte aus Teheran. Das hat man mir in Dubai erklärt und ich zweifle nicht an den Worten …"

„Wie auch immer. Was sollen wir denn unternehmen?"

„Ihn nach Hause holen und dann behandeln lassen. Da gibt es bestimmt eine Methode!"

Oh, heilige Einfalt.

„Das wäre eine Entführung und würde zu einem diplomatischen Eklat führen", sagte Mansoor.

„Vielleicht kann man dem anderen, diesem …"

„Nikakis"

„Ja, Geld bieten", schlug der Emir vor.

„Das funktioniert nicht. Der ist nach allem, was ich weiß, an Geld nicht interessiert und auch unbestechlich!"

Der Emir zog die Augenbrauen hoch. Es kam nicht oft vor, dass jemand einem Bündel Geld widerstehen konnte.

„Die beiden lieben sich. Das kann man auf den Fotos nun wirklich deutlich sehen!"

„FOTOS?? Her damit!"

Genau das wollte Mansoor vermeiden, aber es blieb ihm nichts anderes übrig.

Der Emir verzog das Gesicht, aber er musste sich eingestehen, dass er Khaled noch nie so glücklich gesehen hat.

„Mansoor, das muss ein Ende haben. Schnell und endgültig!"

„Wie gesagt, es gäbe einen Eklat. Außerdem müssten wir Dubai erst fragen", widersprach Mansoor.

„Einen Dreck muss ich. Das ist eine Familienangelegenheit. Und die regle ich allein!"

Aha, dachte Mansoor. Die Drecksarbeit sollen wieder wir übernehmen.

„Entführen macht keinen Sinn. Nikakis würde einen Medienrummel inszenieren. Und Khaled würde alles unternehmen, um nach Mykonos zurückzukehren!"

„Und wenn wir diesen schwulen Bürgermeister neutralisieren?", fragte der Emir.

Neutralisieren? Es heißt Ermorden, dachte Mansoor.

„Einen Griechen in Griechenland ermorden? Das kann nicht Ihr Ernst sein", gab er zu bedenken.

Der Emir wurde still.

Mansoor ahnte schon, was jetzt kommen würde.

„Dann muss Khaled sterben. Er ist ohnehin nicht mehr mein Sohn. Und es wäre die vorgesehene Strafe!"

Und du hast deine eigene Nichte vergewaltigt, aber für den Emir gilt die Scharia ja nicht. Mansoor seufzte.

„Schwierig. Auch das würde Wellen schlagen!"

Der Emir schüttelte den Kopf.

„Nicht, wenn wir es geschickt anstellen. Es darf keine Verbindungen zu uns geben. Sagen wir, Teheran stecke dahinter, weil Khaled heimlich mit den Israelis Kontakt hatte!"

„Das war in Ihrem Auftrag", sagte Mansoor empört.

„Schon. Ist aber jetzt Geschichte. Gut, Mansoor, wir sind uns einig. Leiten Sie die nötigen Schritte ein. Und ich erwarte einen Erfolg, ist das klar?"

Mansoor war wie gelähmt, nickte aber.

„Vorher spreche ich aber noch mit Athen. Vielleicht geht es ja doch mit Druck", sagte der Emir.

Das wird eine saubere Blamage. Ob er überhaupt weiß, dass der Präsident überhaupt nicht der Regierungschef ist? Egal, beiden wird der Telefonhörer aus der Hand fallen.

Eines verschwieg Mansoor dem Emir: nämlich, dass der Premierminister und Nikakis befreundet sind.

Mansoor verließ den Palast und stieg in seinen Wagen.

„Schnell. In die Wohnung!"

Denn dort wartete schon Ahmed. Mansoor wurde war ums Herz beim Gedanken an dessen traumhaften Körper.

Ich muss aufpassen, dass am Ende nicht mein Kopf rollt. Und zwar im genauen Wortsinn. Wenn der Emir wüsste, dass ich mit Khaled geschlafen habe, würde er mich persönlich steinigen lassen. Unter anderem deswegen, weil Khaled damals gerade 17 geworden war.

Aber es war Khaled, der ihn damals regelrecht angefallen hatte, nachdem durch zarte Andeutungen klar war, dass Khaled schwul sein musste.

Ich hätte mich beherrschen müssen. Aber ich konnte nicht. Er war so hungrig. Armer Kerl.

Es blieb bei diesem einen Mal. Und Mansoor hatte über Jahre Khaleds Geheimnis bewahrt und dafür gesorgt, dass von den diversen Auslandsreisen keine Gerüchte bis nach Fudscheirah drangen.

Dieser Nikakis hat Glück.

Aber es wird nicht lange halten.

Denn mein Kopf ist mir wichtiger.

21

Mansoor, Geheimdienstchef von Fudscheira, entspannte sich in seinem Sessel. Die Nacht mit Ahmed war mehr als vergnüglich. Der kleine Saukerl hat einiges drauf für sein Alter. Wo zum Teufel hatte er das nur gelernt?

Mansoor seufzte. Eine Woche. Eine Woche musste er jetzt warten, bis er diesen traumhaften Körper wieder berühren durfte.

Aber es war Vorsicht geboten.

Gestern begann der Bengel von gemeinsamer Zukunft zu sprechen. Mansoor dachte, er höre nicht recht. Du bist 17 und ich 38. Du bist ein Nichts und ich einer der mächtigsten Männer im Lande, dachte er.

Es würde nicht lange dauern und Ahmed würde ihn erpressen. Vielleicht würde es Mansoor gelingen, das Ganze mit Geld zu regeln. Ansonsten würde Raschid den gleichen Weg gehen wie zwei seiner Vorgänger. Als Kojoten-futter auf der Müllhalde landen.

Und jetzt hatte er das Problem Khaled am Hals. Hätte dieser Idiot nicht weiter im Geheimen agieren können? Nein, es musste ja unbedingt der Bürgermeister von Mykonos sein. War doch klar, dass das Wellen schlägt. Mansoor wusste ja schon seit Wochen davon. Der Pilot der Maschine des Kronprinzen stand auf seiner Gehaltsliste und hatte Fotos gemacht.

Mansoor konnte Khaled verstehen. Dieser Nikakis war wirklich eine Schönheit. Aber Khaled hätte wissen müssen, dass das Ganze keine Zukunft hat. Erst schien alles im Sande zu verlaufen, denn Nikakis wollte seinen Mann nicht verlassen, doch Khaled war hartnäckig geblieben. Er besuchte Mykonos – und damit Nikakis – immer wieder und schaffte es tatsächlich, die Ehe von Nikakis zu zerstören. Mansoor wusste um den Charme und die Wortgewandtheit von Khaled.

Nikakis war ausgezogen, Khaled sofort nach Mykonos geeilt und nun wohnten sie zusammen in Agios Ioannis im „Villas del Mar".

All dies wusste Mansoor schon.

Aber was tue ich jetzt?

Khaled würde niemals freiwillig mitkommen.

Für eine Entführung bräuchte Mansoor mindestens fünf Mann und dennoch würde es schwierig werden, Khaled von der Insel zu schaffen. Schon gar nicht mit Angelos Nikakis im Rücken, der als Kommissar und Bürgermeister über alle Möglich-keiten verfügte und diese auch nutzte.

Daher kam ja der Spitzname „Emir".

Nein, es bliebe nur die finale Lösung.

Eine Einzelaktion, sauber – und ohne jede Spur.

Nikakis würde zwar wissen, wer dahintersteckt, aber er würde es nicht beweisen können.

Er googelte Khaled und klickte auf „Bilder".

Er ist noch schöner als früher. Gott, damals war er erst siebzehn und war so dankbar, dass er nun endlich wusste, wohin er gehörte.

Wir haben es ja nur einmal getan. Es war Irrsinn, aber ich konnte mich einfach nicht beherrschen. Die beiden sind tatsächlich ein schönes Paar. Aber: mein Kopf ist mir wichtiger.

Mansoor hatte Skrupel – etwa zehn Sekunden lang.

Dann griff er zum Telefon.

22

Derweil beschlossen Angelos und Khaled diesen Tag noch in der Versenkung zu bleiben.

Noch ein paar Stunden, um das Glück zu genießen. Bevor das Auge des Sturms über ihnen liegen würde. Und dann würde es losgehen.

Sofianidis, der Direktor des Resorts, kam angelaufen. Wer die Eigentümer waren, wusste keiner. Irgendein Hedgefonds mit Sitz auf Jersey.

„Ich hoffe alles ist zu Ihrer Zufriedenheit, Königliche Hoheit und Herr Bürgermeister!"

„Es gefällt uns außerordentlich", sagte Khaled.

„Ich würde ja gerne für immer hierbleiben. Die Aussicht ist traumhaft. Aber meine bessere Hälfte möchte etwas Einfacheres!"

„Vielleicht können Sie den Emir ja, oh, Entschuldigung, den Bürgermeister, noch überzeugen!"

Angelos wollte unbedingt das Thema wechseln. Denn die Vorstellungen von uns liegen sehr weit auseinander, dachte er.

„Ach, Sofianidis, wir haben ein Problem.

Nur eines? fragte sich Sofianidis innerlich.

„Wir sind gerne behilflich!"

„Gut. Es wird nicht lange dauern, dann werden hier Dutzende von Übertragungswagen vorfahren!"

Sofianidis strahlte. Das würde die beste Werbung überhaupt sein.

„Ich möchte, dass keiner dieser Hyänen in unsere Nähe kommt", sagte Angelos bestimmt.

„Dafür ist unser Personal geschult. Wir haben sehr viel exklusive Gäste, die absolute Diskretion wünschen! Ich würde eine Erklärung abgeben, dass Sie zwar in unserem Resort logieren, aber ungestört bleiben wollen!"

„Von mir aus", sagte Angelos. „Aber was ist mit Drohnen?"

Sofianidis lächelte.

„Ja. Die Zeiten von Paparazzi in den Bäumen sind wohl vorbei. Obwohl wir hier gar keine Bäume haben!"

Sofianidis lachte über seinen eigenen Scherz.

„Es fing vor zwei Jahren an mit den ersten Minidrohnen. Damals war ein englischer Royal bei uns. Zuerst wussten wir nicht, was wir tun sollten. Wir konnten ja keine Flak einsetzen, aber mittlerweile ist die Technik filigraner", sagte Sofianidis.

„Und wie funktioniert sie?", fragte Angelos, den es beruflich interessierte.

„Folgen Sie mir doch bitte in ‚den Abwehrraum'."

Angelos und Khaled folgten Sofianidis in den Mittelbau.

„So, hier wären wir. Dieser Kasten dort drüben ist der sogenannte Tracker. Damit werden die Drohnen erfasst und ein Alarm ausgelöst."

Dann hörte man eine Stimme aus dem Funkgerät.

„Chef, hier fährt gerade ein Wagen von ERT vor. Mit Sattelitenschüssel!"

„Gut, dass wir schon hier sind", sagte Angelos. „Dann können wir uns das alles in Action ansehen!"

Und es dauerte auch nur fünf Minuten bis der Tracker anschlug und die Mini-Drohne zu sehen war.

Sie flog in Richtung der Pool-Landschaft. Offensichtlich wollte man Angelos und Khalid händchenhaltend auf der Sonnenliege filmen.

„Und jetzt passen Sie auf", sagte Sofianidis.

Er hob einen kleinen Kasten hoch, der über eine kurze Antenne verfügte.

„Ein Jammer", sagte er.

Dann ein Drücker auf den Knopf und die Drohne blieb wie angewurzelt in der Luft stehen. Dann begann sie zu torkeln und ging in den Tiefflug, die Felsen hinunter. Das Licht am Jammer ging aus, hieß: die Drohne war final gelandet.

Angelos grinste.

„Das kommt auf meinen Einkaufszettel. Wären Sie so freundlich, auch die restlichen abzuschießen?

Nur noch heute. Ab morgen stellen wir uns den Geiern!"

23

Als Angelos und Khaled wieder am Pool lagen, nahm Khaled sein Telefon und gab zwei Minuten lang Befehle. Zumindest hört es sich so an, dachte Angelos. Ein „Schukran" – also ‚Danke', kam im Text nicht vor. Hoffentlich redet er niemals in diesem Ton mit mir.
„Deinem Gesicht nach zu schließen, möchtest du schnell von hier weg. Du fühlst dich in diesem Luxus unwohl. Ich habe daher meine zwei Kletten angewiesen, die Immobilienmakler abzuklappern und für morgen Termine zu machen. Nur für normale Objekte, keine Luxusvillen", sagte Khaled. Angelos stand auf und setzte sich auf Khaled.
„Danke. Ich möchte ein normales Leben führen. Ich hoffe, du kommst damit zurecht!"
„Ich komme mit allem zurecht, Hauptsache, du bist bei mir", antwortete Khaled.
„Mein Gott, deine grünen Augen sind eine tödliche Waffe", sagte Angelos und lächelte.
„Und die zweite Waffe schießt gleich los, wenn du noch ein wenig auf mir herumrutschst. Himmel!"
Was Angelos natürlich erst anstachelte.
„Ah, das königliche Zepter …"

„… platzt gleich. Gnade", presste Khaled heraus.
Angelos erlöste Khaled.

„Wo sind deine Bodyguards eigentlich?"

„In einem Hotel am Flughafen. Ich habe ihnen gesagt, ich sei in einer geheimen Mission unterwegs!"

Angelos lachte laut.

„Das Besteigen des Bürgermeisters ist also eine geheime Mission? Sehr geheim blieb sie nicht, wie wir jetzt wissen!"

„Die Kletten bekommen morgen ohnehin die Anweisung aus Fudscheirah, nach Hause zu fliegen. Wetten?", sagte Khaled.

Da magst du recht haben, dachte Angelos.

„Lass uns den heutigen Tag noch genießen. Morgen haben wir zu viel zu tun. Neben den Maklerterminen kommt auch meine Yacht. Sonst kassiert die mein Vater auch ein!"

Angelos lachte.

„Aha. Zu unserem normalen Leben gehört also auch eine Yacht? Wie bescheiden!"

„Nun. Sehe sie einfach als Transportmöglichkeit. Nach Athen brauchen wir kein Flugzeug und manchmal benötigt der Herr Kommissar auch ein Boot für seine Ermittlungen!"

Khaled schmunzelte.

„Das wird das luxuriöseste Patrouillenboot der Geschichte. Und mit einem Blaulicht auf dem Dach sicher ein Hingucker", sagte Angelos.

Angelos´ Handy brummte.

„Von wegen Ruhe", sagte er.

„Giorgios. Das Rathaus. Da muss ich ran. Entschuldige!"

„Schon in Ordnung!"

„Giorgios, was gibt´s?"

Eine Frage, deren Beantwortung Angelos schon vorhersehen konnte.

„Emir, hier ist die Hölle los. Jede ..."

„...TV-Station hat angerufen, dazu noch zehn Zeitungen, richtig?"

„Das ist die Untertreibung des Jahres", antwortete Giorgios.

„Es gibt morgen um 10 Uhr eine Meldung auf unserer Facebook-Seite. Interviews gibt es keine. Ist schließlich meine Privatsache!"

„Äh, ja. Es stimmt also? Sie heiraten den Prinzen?", wagte sich Giorgios aus der Deckung.

„Giorgios, ich bin noch mit Alex verheiratet. Aber es könnte sein. Irgendwann mal!"

Khaled lächelte dankbar.

„Ach, da wäre noch etwas. Eine Kollegin des Archäologen hat angerufen. Sie hätte ein paar Informationen. Aber Sie will nur mit Ihnen sprechen!", sagte Giorgios.

Und Angelos bekam ein schlechtes Gewissen.

Der Mordfall. Klar. Den habe ich vor lauter Verliebt sein total vergessen.

Toller Kommissar.

„Frag sie, ob sie um zwölf im ‚Burro' sein kann!"

„Alles klar, Emir. Und viel Spaß noch heute", sagte Giorgios süffisant.

„Vollidiot!"

Angelos drehte sich nach links zu Khaled und zuckte mit den Schultern.

„Schon in Ordnung, Süßer. Es ist dein Job und das wusste ich vorher. Also haben wir morgen eine Presseerklärung, Maklertermine, eine Vernehmung und das Abholen der Yacht. Das stehe ich nur durch, wenn du mich heute Nacht verwöhnst", sagte Khaled lächelnd.

„Ich stehe zu Ihren Diensten, Königliche Hoheit!"

„Frecher Kerl!"

24

Adam Resniak lag in seinem Sonnenstuhl hinter dem Haus und war mit sich zufrieden. Alles lief so wie geplant. Auf Mykonos hatte er sich schnell eingelebt und festgestellt, dass es ihm hier gefällt.

Seinen ersten Auftrag hatte er auch bravourös gemeistert.

Sein Entschluss, nur noch Aufträge von seiner Stammagentur anzunehmen, war richtig gewesen. Eine von den anderen hatte versucht, ihn töten zu lassen. Die Gefahr, dass es seine ursprüngliche Agentur gewesen war, die ihm einen Kollegen auf den Hals hetzte, war gering. Seine letzten Aufträge, darunter der gescheiterte, kamen von anderen Vermittlern. Also machte er um die einen großen Bogen und blieb in der kykladischen Versenkung, außer eben für seinen Stammarbeitgeber.

Natürlich wusste er, dass der erste Auftrag nach seiner Flucht eine Art Probe war. Die Bezahlung war weit unter der Norm, aber Resniak konnte es verstehen. Man wollte testen, ob er noch der Alte war und ob er noch über die Qualitäten verfügte, die ihn zu einem der Top-Verdiener in seiner Branche gemacht hatten.

Der Auftrag war harmlos und hatte ihn vor keinerlei Problem gestellt. Die Person wurde neutralisiert, ohne Spuren zu hinterlassen. Man war zufrieden mit ihm.

Nun kam heute der zweite Auftrag. Zu seinem größten Erstaunen war der Einsatzort auch dieses Mal Mykonos. Kaum zu glauben. Die Insel ist offensichtlich doch nicht nur ein verschlafener Felsen.

Das Honorar war eines der höchsten, das ihm je angeboten wurde. Er wusste gar nicht, dass seine Agentur derart heikle Aufträge vergibt. Er dachte immer, dass man sich auf Fälle unterhalb der Medienschwelle konzentrierte, auch um den

Großen in der Branche nicht auf die Füße zu treten. Deren Nervosität hatte er ja selbst am eigenen Leib zu verspüren bekommen.

Doch das, was heute verschlüsselt über einen Server in Dagestan bei ihm eintraf, versetzte ihn in Erstaunen.

Das fiele bestimmt nicht in die Kategorie „Morde, die keinen interessieren!". Gut, dafür war das Honorar auch erklecklich und er könnte davon ein halbes Jahr gut leben. Oder noch länger.

Nach 30 Minuten Bedenkzeit hatte er zugesagt. Es würde nicht einfach werden. Auf den Kopfschuss aus ruhiger Position würde er verzichten müssen. Ging nicht. Die tödlichen Schüsse muss ich aus einem fahrenden Fahrzeug abgeben, befürchtete Resniak. Zu viele Unwägbarkeiten in der Gleichung, dachte er zunächst. Aber dann dachte er an das Honorar und sagte zu.

Die ersten Informationen würden in Kürze per Mail eintreffen. Natürlich kannte Resniak das Opfer. Kein A-Prominenter, aber …

Du hast das Dutzende mal gemacht: aus dem Auto, vom Motorrad und deine Hand war noch immer ruhig, also über was machst du dir Sorgen? Wichtig war gute Planung. Schnellaufträge hatte Resniak immer abgelehnt. Ich will immer alles wissen, selbst überprüfen und dann entscheiden, auch wenn es dann zwei Wochen dauert.

Profikiller und Hudelei waren seiner Meinung nach zwei Worte, die definitiv nicht zusammenpassten.

25

Doch obwohl die beiden frisch Verliebten ihren Platz am Pool nicht verließen, kehrte keine Ruhe ein. Wieder brummte das Handy.

„Der Premierminister", stöhnte Angelos.

„Der ruft bei dir an? Du scheinst mehr Einfluss zu haben, als ich dachte", sagte Khaled.

Angelos lachte.

„Quatsch. Wir kennen uns lediglich. Ich halte ihn für einen Gauner. Wie alle Politiker!"

„Bist du nicht auch einer?"

Es folgte Angelos´ unschuldigster Blick.

„Ich bin die berühmte Ausnahme!"

Khaled lachte.

„Willst du den ‚Gauner' nicht zurückrufen?"

„Von mir aus. Dann hab´ ich es hinter mir!"

Es dauerte nicht lange, da hatte er die Villa Maximos in der Leitung.

„Kannst du deine Hose eigentlich irgendwann einmal anbehalten?", fragte ein genervter Migiakis.

„Neidisch?", fragte Angelos zurück.

„Wirklich nicht. Hättest du dir keinen Touristen schnappen können? Musste es unbedingt ein Kronprinz sein?"

„Wer hat ihn denn hergeschickt?"

„Ich. Aber ich konnte ja nicht ahnen, dass du dem armen Kerl den Kopf verdrehst!"

„Der ‚arme Kerl' wollte mich, nicht umgekehrt. Und er liegt neben mir und kann es dir bestätigen. Rufst du an, um dich über mein Sexualleben zu erkundigen? Hast du nichts anderes zu tun?"

„Hör zu. Im Ernst. Der Botschafter war vorhin hier und hat ernsthaft verlangt, dich einzusperren. Obwohl ich das mit Vergnügen machen würde, war er ganz erstaunt, dass ich es nicht darf. Wo leben denn diese Wüstensöhne? Auf dem Mond?"

„Soll ich das Handy an einen der Wüstensöhne weiterreichen?"

Das Gespräch machte Angelos zunehmend Spaß.

„Im Ernst, Angelos. Pass ein bisschen auf. Die Sache schlägt hohe Wellen und im Nahen Osten sind die Sitten rau. Und nimm diese Warnung bitte ernst!"

Das war ein anderer Ton als vorher.

„Gut, Antonis. Ich habe die Warnung verstanden. Aber es könnte dennoch sein, dass ich Khaled heirate!"

„Grundgütiger", war Migiakis´ letzter Kommentar.

„Doofkopf", sagte Angelos und warf das Handy auf die Wiese.

Doch nach einer weiteren Stunde wurde Angelos unruhig. Er rutschte auf seiner Liege hin und her und knurrte vor sich hin.

„Was ist, mein Traum?", fragte Khaled.

„Ich bin nicht geschaffen für den Pool oder den Strand. Ich kann nicht einfach nur herumliegen. Es tut mir leid. Du hast dich in jemanden verliebt, der voller Macken ist", antwortete Angelos.

Khaled lächelte.

„Komm mit!"

Er nahm Angelos an der Hand und führte ihn um die Ecke der Villa. Dort stand ein Bett mit hochgestellter Lehne.

„Schon wieder?", fragte Angelos erstaunt.

„Nein. Leg dich einfach hin!"

Was Angelos tat.

Khaled legte sich neben ihn und legte seine Hand auf Angelos´ Herz. Oder genauer: auf die Haut über dem Herz. Sanft begann er die Stelle zu streicheln und zu massieren.

„Was machst du da?"

„Das machen die Mütter in Arabien, wenn ihre Kinder aufgeregt sind oder Angst haben. Mach einfach die Augen zu", sagte Khaled leise.

Und tatsächlich dauerte es nur eine Minute, bis Angelos die große Ruhe überkam. Das Bedürfnis etwas zu tun, war wie weggefegt.

„Zauberer?", fragte Angelos, kurz davor, wie ein Kätzchen zu schnurren.

„Du darfst mich ruhig Aladin nennen!"

Nach einer kurzen Pause sagte Khaled.

„Du bist nach der Vergewaltigung vor dir selbst und deinen Erinnerungen geflüchtet. Wie es jeder tun würde. Aber du musst es nicht mehr. Du bist nicht mehr auf der Suche. Du bist angekommen. Bei mir!"

Und so verliebt, wie Khaled ihn anblickte, hatte Angelos keinerlei Zweifel mehr.

„Ja, das bin ich wohl!"

Leider hatte das Streicheln noch einen anderen Effekt.

„Aladin hatte wohl einen Hintergedanken", sagte Angelos grinsend.

„Dafür kann ich nichts. Aber wenn Herr Bürgermeister seinen Zauberstab hervorholt …"

„… sollte das Kaninchen flüchten!"

Es bedurfte dreier Espresso, damit Angelos´ Lebensgeister sich wieder meldeten.

„Ich habe ein Monster als Mann!"

Khaled strahlte.

„Hast du gerade ‚Mann' gesagt? Das Monster würde dich nämlich gerne heiraten!"

„Das ging bei mir schon mal schief. Und du solltest warten bis du mich näher kennst. Vielleicht vergeht dir bald die Lust?"

„Niemals. Wie gesagt, du bist angekommen. Ich bin dein Ziel und du bist meins", sagte Khaled bestimmt. „Außerdem gibt es keinen Schöneren!"

„Damit hast du allerdings recht!", erwiderte Angelos und lachte.

„Noch eines: ich habe eine Bitte und ich möchte, dass du nicht nach dem ‚warum' fragst!"

„Du meinst also einen Befehl des Emirs?", fragte Khaled lächelnd.

„Ja. Nicht verhandelbar. Hab einfach Vertrauen", antwortete Angelos.

„Mein Vertrauen in dich ist grenzenlos. Also: was wünscht mein Herr und Gebieter?"

Und Angelos sagte es ihm.

26

Das ist doch nicht dein Ernst. Da brauche ich einen E-Roller vom Schlafzimmer zur Küche", knurrte Angelos beim zweiten Haus, das sie besichtigten. Schon das erste fiel in die Kategorie „Neureichenvilla". Genau das, was Angelos nicht wollte. Und die zweite war derart überdimensioniert, dass schon der Grundstücksverbrauch den Bürgermeister Angelos Nikakis wütend werden ließ.

„Entschuldige, meine Lakaien hatten beim Wort ‚Haus' wohl an einen Palast gedacht. Wie wäre es, wenn wir mit ihnen zu einem normalen Haus fahren. Damit ich und sie begreifen, was du meinst. Dann können Sie neue Objekte suchen. Es eilt nur ein bisschen, weil ich jede Minute ihre Abberufung erwarte. Schließlich bin ich kein Kronprinz mehr und ehrlich gesagt, will ich auch keine Kletten mehr an meinen Schuhen haben!"

„Ich bleibe aber bei Prinz. Ich habe mich schon so daran gewöhnt. Auch wenn du nur noch mein Prinz bist", antwortete Angelos.

„Genau diesen Tausch wollte ich!"

„Ehrlich gesagt möchte ich so ein Haus wie unseres, also – sorry …"

„Schon verstanden. Das Haus von dir und Alex. Komm, fahren wir hin, damit es die zwei auch sehen. Dann können sie nichts verkehrt machen", sagte Khaled.

Angelos zögerte.

„Kein Sorge, nicht reingehen, sondern nur von außen. Ich habe nur eine Bitte: einen kleinen Pool brauche ich – und wird dir auch gefallen", sagte Khaled.

„Du bestimmst, weil ich nicht viel beisteuern kann. Ich kann die Haushälfte in Ornos nicht verkaufen. Das will ich Alex nicht antun", antwortete Angelos.

„Das ehrt dich. Aber es wird unser gemeinsames Haus, die Hälfte gehört dir. Du bist schließlich Dauergast. Das bist du doch?", fragte Khaled leise.

Angelos verdrehte die Augen.

„Wieso zweifelst du an mir?"

„Angst, dass du meiner überdrüssig wirst", sagte Khaled leise.

„Du wolltest mich und jetzt hast du mich am Hals - bis zu deinem Tode."

Khaled strahlte und Angelos küsste ihn leidenschaftlich.

„Und jetzt lass uns fahren. Ich muss um zwölf zu der Vernehmung", sagte Angelos.

27

Angelos bog links ab zum Parkplatz vor dem
‚Burro', das an der Umgehungsstraße lag
und bei den Griechen sehr beliebt war.
Und wie immer parkten die Idioten kreuz und
quer.
Er betrat die Bar und eine junge Frau winkte ihm.
Sie hatte Giorgios gesagt, dass sie Angelos kenne.
„Jassas, Frau Petritsis!"
„Irini reicht, Herr Bürgermeister!"
„Dann reicht auch Angelos. Einen Moment, bitte!"
Angelos stand auf und sagte laut:
„Erstens parkt ihr in Zukunft wie normale Menschen
oder ich komme morgen mit einem Eimer weißer
Farbe. Zweitens: dem Prinzen geht es hervorra-
gend und drittens: morgen kaufen wir ein
gemeinsames Haus. Jetzt habt ihr etwas zu
erzählen!"
Angelos setzte sich wieder.
Irini lachte.
„Sie sind aber sehr direkt. Soll ich nicht doch lieber
‚Emir' sagen?"
„Nein, aber für Gerüchte sollte man immer selbst
sorgen. Das erhöht den Wahrheitsgehalt! Aber wir
sind nicht deswegen hier. Sie wollten mir etwas
über den Archäologen erzählen."
Antonis Kyriakos. Peinlich. Fast wäre mir der Name
nicht mehr eingefallen. Alles wegen der Khaled-
Verwirrung.

„Ja. Es ist einfach schrecklich. Er war ein so netter Kollege", sagte Petritsis mit traurigem Blick.

„Sie hatten ein Verhältnis mit ihm?", fragte Angelos, um gleich hinzuzufügen:

„Entschuldigung, wenn ich so direkt frage!"

Irini schaute perplex.

„Sehr subtil gehen Sie nicht vor, oder?"

„Das spart meine und Ihre Zeit, Irini!"

Sie seufzte.

„Ja, wir waren zusammen. Seit sechs Monaten. Kennengelernt haben wir uns auf Delos. Für Archäologen gibt es wohl keinen besseren Ort, um sich zu verlieben. Es war richtig magisch!"

Ihr kamen die Tränen.

Angelos kramte ein Taschentuch aus der Tasche.

„Unbenutzt, keine Sorge!"

Es dauerte eine halbe Minute, bis Irini tief durchatmete.

„Wir waren wirklich glücklich. Aber ohne größere Pläne. Er war ja verheiratet und hatte Kinder. Diese furchtbare Person! Eine Hexe. Hatten Sie schon das Vergnügen?"

Angelos nickte.

„Hatte ich. Man sollte sie erschlagen und irgendwann wird es jemand tun. Der Mann muss gelitten haben. Ich frage mich immer, warum es zwar Frauenhäuser, aber keine Männerhäuser gibt. Da ist die Gleichberechtigung noch weit hinterher!"

Irini lachte.

„Wenn es noch mehr Frauen wie Antonis´ Alte gäbe, dann würde auch ich für ein Männerhaus spenden!"

„Die gibt es zuhauf", sagte Angelos, der als männlicher Schwuler nichts Feminines an sich hatte und es auch nur schwer ertrug, wenn Männer wie Frauen herumliefen. Jedem sein Plaisir, aber tolerant bedeutet nicht, dass man etwas mögen muss. Dieses grundsätzlich gestörte Verhältnis zu Weiblichem führte auch zu einer misstrauischen Haltung gegenüber Frauen. Als Kommissar musste er feststellen: Frauen sind weniger brutal, aber hinterlistiger.

Und überhaupt konnte er am weiblichen Körper nichts Erotisches finden.

„Wie bekommen Heteros da eine Erektion?", fragte er Alex einmal, denn der war einst mit einer Frau verheiratet.

„Ich habe es vergessen", lautete die Antwort.

Durch seine abschweifenden Gedanken hatte er die erste Hälfte von Irinis Satz versäumt.

„…froh, wenn er wieder hier war."

„Gut. Sie waren zusammen. Aber was hat das mit dem Mord zu tun? Außer Sie möchten gestehen, was mir sehr recht wäre", sagte Angelos, lächelte aber.

„Da muss ich sie enttäuschen. Ich würde ja auf seine Frau tippen, aber die ist zu dumm, um eine Bombe zu bauen. Ich habe aber eine Vermutung, was der Grund für den Mord sein könnte!"

„Na, das würde mir schon helfen", sagte Angelos lächelnd.

„Wissen Sie was ein ‚Dareikos‘ ist?", fragte Irini.

„Klingt Persisch", sagte Angelos.

„Treffer. Das ist es auch. Ein ‚Dareikos‘ ist eine goldene Münze aus der Zeit des Perserkönigs Xerxes, um 480 vor Christus!"

„Das waren die ersten Münzen überhaupt, oder?", fragte Angelos.

„Ja. Der Perserkönig wollte das Durcheinander beim Handel und die ständigen Betrügereien beseitigen. Also ließ er Münzen einführen: den ‚Dareikos‘ aus Gold und den ‚Siglos‘ in Silber", erklärte Irini.

„Sie sind also extrem wertvoll?", fragte Angelos. Irini schüttelte leicht den Kopf.

„Das ist so eine Sache. Archäologisch nein, denn es gibt genug davon. Eine Entdeckung ist also keine Sensation mehr. Aber so um die zweitausend Euro ist ein ‚Dareikos‘ schon wert! Der ‚Siglos‘ um die 700."

„Gut. Also hat Antonis Münzen auf Delos gefunden, diese aber für sich behalten", vermutete Angelos.

„Für uns. Er wollte genug Geld sammeln, damit wir beide uns ein neues Leben aufbauen können und er sich scheiden lassen kann. Selbst von den beiden Gehältern als Archäologen wäre das sonst nicht möglich gewesen!"

Wieder einmal das Gleiche: die Krise als Rechtfertigung für Diebstahl und Verbrechen, dachte Angelos.

„Allerdings hat er mir nichts Näheres erzählt", fügte Irini schnell hinzu.

„Weil Sie es auch nicht wissen wollten. Dann fühlt man sich eher unschuldig", erwiderte Angelos.

„Wenn er diese Münzen auf Delos gefunden hat: warum sind sie nicht schon längst vorher entdeckt worden. Keine Ausgrabungsstätte ist so oft durchkämmt worden. Man hätte sie schon früher finden müssen!"

„Nicht unbedingt. Erstens sind Archäologen Fachidioten. Ich bin Expertin für Schriftrollen, Schreibmaterial und Papyrus. Von Münzen habe ich nicht die geringste Ahnung. Wichtiger ist aber der zweite Punkt: die Münzen sehen auf den ersten Blick nicht so aus. Sie sind nicht flach wie heutzutage, sondern oval in Länge wie Höhe!"

„Also wie kleine Kieselsteine?", fragte Angelos.

„In etwa. Sie sind bei entsprechender Verschmutzung schwer zu finden!"

„Über welche Menge sprechen wir? Für 100.000 Euro hätte er 50 Stück finden müssen!"

„Ich habe keine Ahnung. Er hat mich aus der Sache weitestgehend herausgelassen. Er wollte mich wohl schützen", sagte Irini.

„Also wissen Sie auch nicht, an wen er die Münzen verkauft hat?", fragte Angelos.

Irini schüttelte den Kopf.

Etwas anderes hatte Angelos auch nicht erwartet. Aber eines war ihm klar: Antonis´ Bruder arbeitete im Kultusministerium und war zuständig für Ausfuhrgenehmigungen.

Ich fresse zwei Besen, wenn sein Bruder kein Glied dieser Kette ist. Oder besser: war, denn das

Verbindungsteil Antonis bestand nur noch aus Einzelteilen.

Weiter kam er aber in seinen Gedanken nicht, denn das Handy brummte. Alex. Verflucht.

28

Ob er denn vorbeikommen könnte. Gerade dies wollte Angelos in den ersten Trennungstagen vermeiden. Zu frisch, um die Dinge in Ruhe zu regeln. Außerdem habe ich nur gut eine Stunde, dann muss ich Khaled vom Hafen abholen, dachte er.

Er seufzte, fuhr aber dann doch nach Ornos hinunter. Eine Gänsehaut befiel ihn, denn Angelos hatte die Trennung noch nicht abgehakt. Wie auch, nach 72 Stunden.

Alex stand schon in der Türe. Er lächelte, aber das Gesicht passte nicht dazu.

„Darf ich dich auf die Backe küssen, ohne dass ich vom Prinzen gesteinigt werde?", fragte er.

„Du darfst mich sogar umarmen. Und er heißt Khaled", antwortete Angelos.

Die Umarmung war etwas zu fest, dachte Angelos. Aber sei´s drum.

„Hör zu, Alex. Ich finde, es ist viel zu früh, um Details zu besprechen. Ich möchte das Ganze ohne Streit über die Bühne bringen!"

„'Über die Bühne' klingt, als hätte es nichts bedeutet!"

„Du weißt genau, dass das nicht stimmt. Ich war dir ein guter Partner und Ehemann. Ich habe dich nie betrogen und war immer ehrlich. Letzteres war vielleicht der Fehler!"

Alex nickte.

„Du warst und bleibst die Liebe meines Lebens. Aber ich will dich nicht belasten. Du hast dich anders entschieden und dafür wünsche ich dir viel Glück. Ich werde es allein schaffen müssen!"

Das war der wahre Alex.

„Vielleicht wäre alles anders gelaufen, wenn du im Fall Khaled mich belogen hättest. Ich hätte nichts gewusst und vielleicht …"

„… hätte oder wird die Sache mit Khaled nicht funktionieren. Das wolltest du doch sagen! Du solltest mich kennen. Ich mache keine halben Sachen. Wird das mit unserem haarigen Nachbar nichts?" Angelos konnte es sich nicht verkneifen.

„Das war doch nur … ich weiß nicht, was das war. Ein Aussetzer. Aus Rache. Der teuerste Aussetzer meines Lebens", sagte Alex traurig.

„Schaffen wir es, Freunde zu bleiben? Ohne, dass du versuchst, Khaled und mich auseinander zu bringen?"

„Das Schlimme ist ja, dass ich ihn mag. Und dich verstehen kann. Ich verfluche nur den Tag, an dem du ihn kennengelernt hast. Nicht ihn!"

„Und ich danke Gott für diesen Tag", erwiderte Angelos.

„Wohl eher Allah", sagte Alex lächelnd.

„Nein, ich bin nicht konvertiert. Ich kann Religionen nicht ausstehen und das weißt du!"

„Es sollte nur ein Scherz sein. Espresso?"

„Ja, einen schnellen. Ich muss Khaled vom Hafen abholen."

„Ich kann dich hinbringen. Ich würde gerne ,Hallo' sagen. Ich will nicht der Ex im Hintergrund sein. Wenn er dagegen ist, funktioniert das mit unserer Freundschaft nämlich nicht. Was machen wir mit dem ganzen Zeug hier?"

Das Zeug waren die ganzen Computer und Monitore für die Polizeiarbeit. Die Unterbringung in der Küche bei den Kommissaren zuhause machte Sinn – als sie noch zusammenlebten.

„Hierlassen. Ich bin Bürgermeister und du wirst der alleinige Kommissar. Oder du holst dir Giorgios dazu. Bei schweren Fällen kann ich dazukommen, wenn du es wünschst", sagte Angelos.

„Du hast doch viel mehr Erfahrung mit Schwerverbrechen als ich. Gelöst hast doch alle Fälle du!"

„Nicht alle. Aber das müssen wir doch erst beim nächsten Mord klären. Oder natürlich besser vorher. Hier wird ja nicht jeden Monat jemand ermordet!"

Das „vor dem nächsten Mord" sollte eine kürzere Zeitspanne sein als von Angelos gedacht.
Es war gerade eine Stunde. Nein, weniger.

Schon von weitem konnte Angelos sehen, dass Khaleds Yacht bereits eingetroffen war. Sie bogen in die Hafeneinfahrt ein und sahen Khaled auch schon. Er kam aus der Hafenverwaltung und winkte ihnen.
Plötzlich sagte Alex.
„Angelos! Das Motorrad!"
Auch Angelos sah es. Schwarzes Bike mit Fahrer in schwarzer Montur. Der Fahrer gab Gas, zog aus seiner Kluft eine Pistole und schoss zwei Mal.
Khaled blieb wie angewurzelt stehen und brach dann zusammen.

29

G ib Gas", schrie Angelos.
Alex hatte automatisch abgebremst und
bereits die Türe geöffnet.

Die Situation, in der im Inneren eines Polizisten zwei
Seelen miteinander ringen:

Dem Opfer helfen.

Den Täter verfolgen.

Und Angelos entschied sich für das letztere. Da
Alex daran gewöhnt war, Angelos´ Entschei-
dungen in Ermittlungsfragen zu folgen, gab er
Gas.

Aber Alex war verwirrt. Khaled, Angelos´ Liebe lag
vor dem Hafengebäude, schwer verletzt oder tot.
Da muss man schon ein kaltblütiger Mensch sein,
um sich nicht zuerst um das Opfer zu kümmern.
Doch kaltblütig oder herzlos? Das war Angelos
ganz sicher nicht.

„Du willst nicht …?", setzte er an.

„FAHR EINFACH", schrie Angelos.

Sie hatten Glück. An der Ausfahrt des Hafens
blockierten zwei LKW die Straße. Das Motorrad
musste scharf bremsen und über den Gehsteig
ausweichen. Dreihundert Meter weiter hatte der
Attentäter wieder ein Problem. Ein Lieferwagen,
der einen Supermarkt beliefert hatte, stieß rück-
wärts aus der Ausfahrt, ohne Rücksicht auf den
Verkehr.

Angelos hätte jubeln können. Es lebe die
griechische Fahrweise.

Das Motorrad musste scharf bremsen und kam fast zum Stillstand, ehe es links an dem Laster vorbeifuhr.

Und so waren Alex und Angelos wieder dran. Der Attentäter gab Vollgas und bog halblinks auf die Umgehung ab. Freie Bahn, denn die Straße war breit. Die Felswände warfen das laute Röhren des Motorrads zurück. Doch der SUV konnte ihm problemlos folgen.

Ich nehme alles zurück, dachte Alex, der heftig gegen die Anschaffung protestiert hatte. Zu protzig und zu breit für Parkplätze. Das völlig falsche Auto für Mykonos. Mit einem Peugeot kann man niemand verfolgen und außerdem sind unsere Straßen so schlecht, dass sie tatsächlich Gelände sind, argumentierte Angelos dagegen. Darüber hinaus sei es kein Privatauto, sondern ein Polizeifahrzeug.

Nur deswegen hatten sie eine Chance und lagen nur fünfzig Meter hinter dem Motorrad, als sie das Plateau erreichten und sich dem ersten Kreisverkehr näherten.

„An der Insel links vorbei", schrie Angelos. Tatsächlich bog das Motorrad links ab und scherte sich nicht um den Kreisverkehr.

Woher wusste er, dass …

„Gerade Strecke. Pass auf, er will uns abhängen. Vollgas", schrie Angelos.

Stimmt. Zwei Kilometer geradeaus. Ideal für ein Motorrad.

Die Menschen rechts und links der Straße Richtung Ano Mera stoben auseinander. Auch die

Menschen am Zebrastreifen registrierten die Gefahr und blieben wie gelähmt stehen. Die richtige Entscheidung. Der Attentäter rauschte vor ihnen, der SUV hinter ihnen vorbei.

Der Abstand wurde größer.

Plötzlich schaute Angelos auf das Display, registrierte Alex, musste sich aber weiter auf das Fahren konzentrieren. Er glaubte „Gott sei Dank", verstanden zu haben.

„Der Kerl ist gut", schrie Alex.

„Das ist sein Job", brüllte Angelos zurück.

Noch 500 Meter bis zur 180-Grad-Kurve nach rechts. Die würde das Motorrad einfacher bewältigen als ein Auto, wenn nicht zufällig ein Tourist vom Paradise zurück ins Hotel will. Die kleine Straße mündete genau im Scheitelpunkt der Kurve. Bitte, lass jetzt einen Trottel vom Sonnenbaden kommen, dachte Angelos.

Aber es bedurfte keines Touristen.

30

Giorgios Menos arbeite seit zwanzig Jahren bei der Tankstelle am Eingang der Kurve. Als Tankwart, denn Selbsttanken ist in Griechenland nicht üblich. Wo sollten die 100.000 Tankwarte sonst arbeiten?

Er war schon 67 und musste dennoch weiterarbeiten. Von einer Rente zu leben, war schlicht nicht möglich. Vierzig Prozent Kürzung.

Und wie bei älteren Männern üblich, war die Prostata auch bei Giorgios nur noch eine schlecht funktionierende Maschine.

Die Toilette in der Tankstelle war gut 80 Meter entfernt. Es war näher, wenn man zum Pinkeln über die Straße ging, was Giorgios regelmäßig tat.

Er schaute nach links – nichts.

Er schaute nach rechts – ein Roller, weit entfernt. An ein Motorrad dachte er nicht, denn die Straßen auf Mykonos eignen sich weiß Gott nicht für ein pfeilschnelles Zweirad.

Giorgios hatte gerade seinen zweiten Schritt getan, als er im Augenwinkel registrierte, dass der Roller, der keiner war, noch zwanzig Meter entfernt war.

Er sprang nach vorne. Sein Pech: Der Motorradfahrer entschied sich dazu, rechts an dem Hindernis vorbeizufahren.

Eine Hundertstel Sekunde später flogen Giorgios, der Mann in Schwarz und dessen Motorrad durch die Luft.

Giorgios nach oben, der Attentäter und das Motorrad über die Begrenzungsmauer in die dahinterliegende kleine Schlucht.

„Treffer", schrie Angelos und Alex legte eine Vollbremsung hin.

„Du zum Fußgänger", befahl Angelos. Denn ich muss dieses Schwein kriegen – wenn er den Sturz denn überlebt hat. Aber menschlicher Abschaum hat die Angewohnheit, zäh zu sein, dachte er. Angelos rannte zu der kleinen Mauer und blickte nach unten.

Zehn Meter flaches Gelände und danach ging es hinunter in die Schlucht. Er muss darin gelandet sein, denn auf der Fläche oben würde ich ihn sehen, dachte Angelos. Einerseits war er erleichtert, denn noch besteht die Chance, dass der Attentäter lebt.

Tot hätte er keinerlei Nutzen.

Angelos Nikakis hätte beruhigt sein können – der Täter lebte noch.

31

Adam Resniak hing in einem Busch kurz unterhalb der Kante. Es war keine tiefe Schlucht, sondern der Einschnitt eines früheren Baches, der aber schon vor 50 Jahren vor der Hitze kapituliert hatte.

Unter ihm lagen nur drei Meter, nicht richtig steil und mit einigen dieser Gestrüppreste. Ein Absturz wäre daher nicht gefährlich, aber man würde es hören. Von oben konnte er die Polizisten reden hören. Sie waren keine zwanzig Meter entfernt. Auftrag erfolgreich absolviert, dachte er, um dann gleich innerlich zu lachen. Ich könnte tot sein und wenn sie mich finden, war es mein letzter Auftrag. Und ich mache mir Sorgen um die Kundenrezension.

Ich hatte wirklich Pech. Verkeilte LKW, ein Idiot, der einfach rückwärtsfährt und ein alter Trottel, der über die Straße geht. Das kann man nicht einplanen. Unterschätzt habe ich allerdings die Motorisierung der örtlichen Polizei. Wo zum Teufel haben die bei leeren Kassen SUVs her? Gut, im Dossier stand, dass der Freund des Opfers der örtliche Kommissar war und der nicht unterschätzt werden solle. Nun, das wusste ich schon. Das persönliche Motiv hat den Herrn Kommissar sicherlich zusätzlich motiviert, derart an mir zu kleben.

Nun - gebracht hatte es nichts. Herr Kommissar war wieder solo, denn es waren zwei perfekte Treffer in die Brust. Luft raus, Ziel tot.

Adam Resniak wunderte sich, dass er den Sturz dem ersten Eindruck nach gut überstanden hatte. Erstaunlich gut, wenn man an den dreifachen Zusammenstoß denkt – mit dem alten Trottel, der Brüstung und dann der Fels – oder dankenswerterweise eher der Busch am Felsen.

Er bewegte vorsichtig jeden wichtigen Muskel und Zehen und Finger. Sicher, der ganze Körper schmerzte, wie hätte es auch anders sein sollen. Ich muss hier weg. Möglichst schnell und lautlos. Es würde nicht lange dauern, bis die Polizisten, die Schlucht erreichen würden. Er hatte nur deswegen ein zusätzliches zeitliches Polster, weil sie zu Recht vermuteten, dass er noch seine Waffe besaß. Dennoch: weg hier hieß die Devise.

Mit größter Vorsicht bewegte er sich, natürlich unter Schmerzen, aber das war zweifellos erträglicher als zwanzig Jahre Knast.

Adam Resniak erreichte den Grund der Schlucht und atmete einmal tief durch. Jetzt nach unten oder nach oben? Logisch und bequemer wäre es, zum Ende des Tales zu laufen. Also laufe ich in die entgegengesetzte Richtung. Mit den Verletzungen schwierig, aber das Berufsbild des Profikillers sieht körperliche Fitness als Grundvoraussetzung vor – und über die verfügte Resniak noch, obwohl er schon Mitvierziger war.

Er rechnete jeden Moment damit, das Knattern eines Hubschraubers zu hören und Deckung war in diesem Gelände weit und breit keine zu sehen. Außer ein paar Sträuchern. Die schwarze Kluft ist auch keine große Hilfe.

Er quälte sich bergauf, um dann hinter dem Grat zu verschwinden. Dort die Hose und Jacke entsorgen und nur mit der Jeans weiterzulaufen. Schön langsam wie ein Tourist. Und dann über Nebenstraßen. Der Helm hatte ihm das Leben gerettet und auch verhindert, dass er Schrammen im Gesicht abbekommen hat. Damit wäre er aufgefallen. Adam Resniak erreichte die kleine Straße hinter dem Grat und versuchte möglichst normal und aufrecht zu gehen. Er hatte zusätzliches Glück, denn vor ihm lief eine Gruppe von vier grölenden Touristen, die offensichtlich zu Fuß nach Paradise Beach wollten, um die Busgebühr zu sparen.

Er hielt etwas Abstand, sodass es wirkte, als wäre er ein zurückgefallener Teil dieser Gruppe.

Keine dreißig Sekunden später hörte er das Knattern des Hubschraubers. Er ließ den Abstand zu der Gruppe kleiner werden und hoffte, dass der Pilot durch die Geschwindigkeit sein leichtes Humpeln nicht bemerken würde. Der Hubschrauber donnerte über ihn hinweg und flog nach links zum Flughafen.

Adam Resniak atmete auf.

Noch fünf Kilometer marschieren und dann bin ich zuhause. Den Auftraggeber brauche ich nicht zu informieren. Die Erfolgsmeldung bekommt er über das Internet oder TV.

Und Resniak hatte recht. Zwar wollte Angelos über die Mauer springen, um den Attentäter zu suchen, doch Alex riss ihn zurück.

„Er hat noch seine Waffe, Herrgott!"

„Und wo sind unsere? Eine müsste im Auto sein", sagte Angelos.

Alex druckste herum.

„Äh, nein. Ich habe sie gestern gereinigt und vergessen, sie wieder ins Auto zu legen!"

Angelos bekam einen hochroten Kopf.

„Wohl wieder an den haarigen Nachbar gedacht? Soll ich den Wagenheber als Waffe nehmen?"

„Das war fies. Ich habe einen Fehler gemacht!"

„Nicht dein erster", brummte Angelos.

„Dann ruf den Hubschrauber, aber bis der kommt ist der Täter weg!"

Es war um 15 Uhr. Um diese Zeit landen die zwei Flüge aus München und dann bekommt der Helikopter keine Starterlaubnis. Verflucht.

32

Mit jedem Meter, den sie sich der Klinik näherten, wurde Angelos nun doch nervös. Alex hatte noch nicht einmal angehalten, da sprang Angelos aus dem Wagen. Das kann nur Liebe sein, dachte Alex seufzend. An wem könnte ich meinen Zorn auslassen? Nur an mir. Ich hatte es in der Hand. Wie konnte ich nur? Ja, ich war verletzt, aber das war ein Gefühl, dass ein paar Tage von mir Besitz ergriffen hatte – und dass ich hätte aushalten müssen. Jede Ehe hat ihre Krisen. Und jetzt?

Derweil stürzte Angelos in das Zimmer von Chefarzt André.

„Ist er in Ordnung?", rief Angelos.

André lächelte und nickte.

Angelos packte ihn an beiden Seiten des Kopfes und küsste ihn auf den Mund.

„Ich bin dagegen immun", sagte er grinsend.

„Soll ich Alex reinschicken?", fragte Angelos frech.

„Warum nicht? Er ist ja jetzt kuriert", stichelte André.

„ER ist fremdgegangen. Aber das ist Schnee von gestern. Ehrlich gesagt, könnte ich mir euch beide gut vorstellen. Und du wirst es kaum glauben: trotz deiner Abneigung mir gegenüber, hielte ich es für eine gute Lösung!", sagte Angelos.

„Jetzt verkuppelt der Emir auch noch. Diese Insel verkommt unter diesem Bürgermeister. Aber jetzt geh zu deinem Prinzen. Zimmer 6!"

Angelos stürmte die zwei Zimmer weiter und riss die Türe auf.

Khaled.

Er lächelte.

„Puuuuh", entfuhr Angelos. „Ich war mir zwar ziemlich sicher, aber …"

Khaled zog eine Augenbraue hoch.

„Bei deiner nächsten Ahnung, dass man auf mich schießt, solltest du es mir vielleicht vorher sagen!"

Angelos lächelte.

„Warum denn? Und im Ernst, es war nur ein Bauchgefühl und diese seltsame Bemerkung von Migiakis. Deswegen meine Bitte, die nächsten Tage die schusssichere Weste zu tragen, dazu den Arm und Beinschutz!"

„Aha, deswegen sollte ich die Kandura tragen. Unter normale Kleidung hätte das gar nicht gepasst!"

Kandura. Das, was man gemeinhin als Scheichkostüm bezeichnet, extrem weit geschnitten.

„Und wenn er meinen Kopf getroffen hätte?", knurrte Khaled.

„Das war vollkommen ausgeschlossen. Nicht von einem Fahrzeug aus. Und für einen Schuss mit einem Präzisionsgewehr braucht es zwei Dinge: einen Standort ohne Menschen – auf Mykonos Fehlanzeige. Auf dem Plateau zu viele Menschen und erhöhte Dächer gibt es um den Hafen nicht. Aber viel wichtiger: der Wind. Profikiller können zwar den Wind einrechnen, aber keine Böen. Und der Herr Attentäter hatte den gleichen

Wetterbericht gehört wie ich: 3 bis 5 Bofors, mit Böen bis 70. Damit hatte sich diese Option erledigt!"

„DU HAST DICH AUF DEN WETTERBERICHT GESTÜTZT?"

„Khaled. Es ging nur so. Jetzt glauben der Auftraggeber und der Attentäter, dass du tot bist. Ich habe schon die ersten Beileids-SMS auf dem Handy!"

Angelos lachte.

„Das gibt uns die Zeit, den Herren auf die Pelle zu rücken und zwar final!"

Khaled nickte.

„Wer glaubst du steckt dahinter?"

„Die Frage hast du doch schon längst beantwortet", sagte Angelos.

Khaled nickte.

„Mein Vater!"

Angelos nickte.

„Der Botschafter muss eine Andeutung gemacht haben, sonst hätte Migiakis mich nicht gewarnt, ich solle aufpassen!"

„Hätte der Herr Premierminister nicht deutlich sagen können, dass man versuchen würde, mich zu ermorden?", knurrte Khaled.

„Das tun Politiker nicht!"

„Du bist doch selbst einer", gab Khaled zurück.

„Ich bin anders. Und schöner", sagte Angelos.

Khaled lachte laut.

„Bitte bleib so bescheiden. Nun komm her und küss mich endlich!"

„Mit dem größten Vergnügen!"

Angelos setzte sich auf die Bettkante.

„Sind die Schmerzen zum Aushalten?", fragte er, denn Westen verhindern das Eindringen von Projektilen in den Körper, aber die Wucht des Aufpralles kann dennoch Rippen brechen.

„Es geht. Laut André sind es wirklich nur blaue Flecken, aber die werden tellergroß!"

„Dann sollten wir die Vitalfunktionen testen!" Angelos grinste, fuhr mit der Hand unter die Decke und legte sie auf Khaleds Bein.

„Hm. Also hier gibt es offensichtlich keinen Schaden. Vier Sekunden", sagte Angelos und lachte laut.

„Ich sollte aber zuerst André fragen, ob eine Oraltherapie nicht zu viel für deinen Blutdruck ist!"

„DU WILLST MICH SO LIEGENLASSEN? DU BIST EIN SADIST!", presste Khaled hervor.

„Nein. Ich liebe meinen Prinzen", sagte Angelos und sein Kopf verschwand unter der Decke.

„Grundgütiger", stammelte Khaled.

Die Therapie wurde aber nach zehn Sekunden jäh unterbrochen. Der Chefarzt stand in der Türe. Khaled lief knallrot an, während Angelos noch beschäftigt war.

„Ah, der Herr Bürgermeister bei seiner Lieblingsbeschäftigung", spöttelte André.

Erst jetzt kam Angelos unter der Decke hervor.

„Es dient nur seiner Genesung", meinte Angelos grinsend. „Er hat eine schwere posttraumatische Störung, die oral am Besten zu behandeln ist. Das Trauma wird sozusagen weggeblasen!"

„Aha. Möchtest du auch die anderen männlichen Patienten beglücken?", ätzte André.

„Ach nein, das überlasse ich dir!"

Khaled konnte fast nicht mehr an sich halten.

Und André war knallrot angelaufen.

„Tja. Ich kann mich beherrschen. Ich muss nicht in einem Krankenhaus zu Werke gehen!"

André hätte es lassen sollen.

„Nun, dann wird Alex in Zukunft sehr langweiligen Sex haben", gab Angelos zurück.

Erst jetzt reichte es André. Er knallte die Türe zu.

Khaled lachte laut.

„Mit deinem Mundwerk kann wirklich keiner mithalten!"

Es folgte Angelos´ berühmter unschuldiger Blick.

„Welches Mundwerk meinst du? Das unter der Decke?"

„Beides, mein Süßer!"

„Soll ich vielleicht fortfahren, Königliche Hoheit?", fragte Angelos verschmitzt.

„Ja, Sklave, fahre er fort! Könnte ich das bitte zwei Mal pro Tag haben?"

Angelos schüttelte den Kopf.

„Kommt gar nicht infrage. Dann bekommt der Herr Bürgermeister eine Kiefersperre. Er ist einfach zu …"

„Schön?", schlug Khaled vor.

„Schön und groß. Einigen wir uns darauf!", antwortete Angelos.

33

Während Khaled im siebten Himmel schwebte, hatte Nikos Kyriakos bereits das Stockwerk darüber erreicht. Eine Kugel hatte eine zerebrale Störung verursacht – die letzte seines Lebens.

Im Gegensatz zu seinem Bruder war er aber relativ gut erhalten, zumindest war der Körper ein Ganzes.

Er hatte es immer befürchtet, aber verdrängt. Wer sich mit diesen Leuten einlässt, verscheidet frühzeitig. Denn Mitwisser lösen bei Kriminellen eine Art Migräne aus, die sich nur durch eine Kugel aus einer Glock oder Beretta wieder verzieht.

Dafür bekam der frühere Partner – und Mitwisser – seine finale Migräne. Er wusste es, als er die Türe öffnete. Da hatte Nikos noch keine Waffe vor dem Gesicht, aber der Typ sah schon nach Tod aus. Drei Sekunden später flog Nikos durch den Flur. Seine Frau verzog sich sofort. Sie hätte auch die Polizei rufen können, aber das wäre doch übertrieben, befand sie. Außerdem wollte sie noch etwas leben, vorzugsweise ohne ihren Mann. Insofern setzte sie in den Besuch eine gewisse Erwartung.

Und der ruppige Rumäne bemühte sich nach Kräften. Erst verprügelte er Nikos, bis dieser nur noch ein wimmerndes etwas war.

„Ich habe vergessen, mich vorzustellen. Wie peinlich. Ich bin ein Mitarbeiter von Herrn Mitrescu. Sie erinnern sich an ihn?"

Also er diesen Tag vergessen würde. Es war die Verheißung eines besseren Lebens. Die Vorahnung, dass das Ganze ins Verderben führen würde, hatte er noch am selben Abend, aber Gier siegte über Angst.

Sie haben erst meinen Bruder ermordet und jetzt bin ich dran, dachte Nikos. Dies deckte sich mit den Plänen des Abgesandten von Herrn Mitrescu.

Aber: vor der langen Reise hätte der Herr noch ein paar klitzekleine Fragen, deren Beantwortung Nikos doch wohl keine Probleme bereiten würde.

„Die letzte Lieferung ist ausgeblieben. Darüber war man in Bukarest nicht erfreut!"

Milde ausgedrückt. Die Folge war der Entschluss, seinen Bruder Antonis in eine ganz andere Zeit zu beamen als nur in die Delos-Zeit, 1500 Jahre vor dem Herrn, dem Antonis dann sehr viel näherkam, als er es je beabsichtigt hatte. Ein Exempel.

Doch wider Erwarten zeigte sich Nikos unbeeindruckt, jedenfalls hatte man in Bukarest den Eindruck. Dass er die letzte Lieferung an Münzen gar nicht bekommen hatte, konnten die rumänischen Händler nicht wissen.

Dieses dumme Arschloch hatte die letzten zwanzig Münzen behalten und wollte sie einzeln an Händler verhökern. Für den Aufbau einer Zukunft. Für sich und Irini.

Es war Irrsinn und Nikos hatte es Antonis gesagt.

Man kann eine derartige Geschäftsbeziehung nicht einseitig und schon gar nicht einvernehmlich beenden. Außer man erklärt sich einverstanden mit dem eigenen Tod.

Das Problem war nur, dass Nikos´ Besuch den wahren Sachverhalt nicht glauben wollte.

„Er hatte beim letzten Besuch nichts dabei. Ich schwöre es!"

Die Worte kamen aus einem Mund, der einen Großteil seiner Zähne eingebüßt hatte. Aber das sollte nur der Vorfilm gewesen sein.

„Das ist keine gute Antwort!"

Der Besucher zog ein Nagelschussgerät aus der Tasche und Nikos war der Ohnmacht nahe.

„Bitte! Er hatte nichts dabei!"

Auch das war keine gute Antwort.

Zehn Sekunden später hatte Nikos einen Nagel im linken Unterarm. Der Besucher hatte Nikos vorher ein Kissen vors Gesicht gedrückt, der Schrei war dennoch deutlich zu hören. Zwei Zimmer weiter beschäftigte Nikos´ Frau nur ein Gedanke: bin ich die Nächste? Ihr Mann interessierte sie nicht.

Sie hätte sich beruhigen können, denn der Besucher konzentrierte sich voll auf Nikos und den Versuch, endlich die richtige Antwort zu bekommen.

Doch auch der zweite und dritte Nagel brachte keinen neuen Erkenntnisstand. Langsam reifte die Einsicht, dass Nikos wirklich nichts wusste.

Und das war wenig zukunftsweisend, denn der Besucher schoss dem nutzlosen Nikos in den Kopf.

Zufrieden war der Besucher nicht, denn der Überbringer der Botschaft …
Zumindest war ein Mitwisser beseitigt.
Er unterschätzte jedoch die pathologische Neugier der Frau an sich. Und besonders dieser. Wenn die Polizei Nikos findet, bin ich automatisch verdächtig. In 90 Prozent der Mordfälle stammt der Täter aus dem Umfeld und nicht selten die Ehefrau. Außerdem habe ich zu nicht wenigen Freundinnen gesagt, Nikos solle zur Hölle fahren. Sie rannte zum Balkon und blickte die Straße entlang.
Da war er. Sie zückte ihr Handy in Windeseile. Der Rumäne überquerte die Straße und blickte nach links – zurück. Klick.
Keine Topaufnahme, aber ein Gesicht, das sie liefern konnte. Erleichterung machte sich breit. Zwei Mal Glück gehabt: das Foto und: endlich bin ich diesen Idioten Nikos los.

34

Angelos und Khaled passierten die Kontrollen vor den „Villas de Mar". Kaum angehalten, kam auch schon Direktor Sofianidis angelaufen.

„Bürgermeister! Königliche Hoheit. Ich hoffe, es geht Ihnen gut. Man hört von einem Attentat. Manche haben erzählt, Sie wären tot, Königliche Hoheit!"

„Sind wir offensichtlich nicht", antwortete Angelos und nahm den Direktor beiseite.

„Hören Sie, es ist wichtig, dass Sie die Nachricht nicht dementieren. Khaled ist tot!"

„Aber er steht doch da!"

Heilige Einfalt, dachte Angelos.

„Ja, aber es soll niemand erfahren, zumindest nicht so schnell. Deswegen darf niemand mehr in unsere Villa. Eine Reinemachkraft, aber eine, die kein Griechisch oder Englisch spricht. Vielleicht eine, die nicht ganz so helle ist", sagte Angelos.

Der Direktor schien endlich zu begreifen.

„Aber dann können wir den Standard nicht mehr halten!"

„Keine Sorge. Eine Pizza können wir auch selbst machen!"

Beim Wort „Pizza" verzog der Direktor sein Gesicht, als handele es sich um eine Fäkalie.

„Ganz wie Sie wünschen, Herr Bürgermeister!"

„Und keine Anrufe. Wenn Sie etwas Dringendes haben, schieben Sie einen Zettel unter der Türe durch. Persönlich!"

„Die Wünsche unserer Gäste …"

„Ihr größtes Anliegen, ich weiß", ging Angelos dazwischen.

Er ging zurück zu Khaled. Gemeinsam betraten sie „ihre" Villa.

Da hielt Khaled Angelos einen Zettel hin.

„Fünf Tage Bettruhe? Du elender Gauner. Du hast André schöne Augen gemacht, nur um dieses Entlassungspapier zu bekommen. Du willst hier bleiben so lange es geht. Und fünf Tage permanent Sex", sagte Angelos, lächelte aber.

Khaled setzte seine Unschuldsmiene auf.

„Aber, Süßer, auf mich wurde geschossen!"

„Aber du wurdest nicht getroffen und alle Teile funktionieren doch noch!"

„Das sollten wir nochmal überprüfen", sagte Khaled.

„No way. Das haben wir vor einer Stunde. Ich bin doch keine Maschine", antwortete Angelos.

Zwei Minuten später saßen sie auf der Terrasse. Angelos´ Handy brummte, aber Khaled glaubte, es sei seines.

„Khaled Nikakis. Oh, hallo Alex. Ich glaube ich habe das falsche Handy erwischt. Moment!" Angelos knurrte.

„Wie viele Nikakis möchtest du denn noch auf der Insel haben? Jetzt sind wir schon drei! Nach nur drei Tagen einen Heiratsantrag?", sagte Alex vorwurfsvoll.

„Nonsens. Khaled machte einen Scherz. Wir sind ja noch verheiratet. Kein Grund zur Aufregung. Außerdem weiß ich nicht, welchen Namen du nach der Scheidung haben wirst!"

Alex seufzte.

„Ich lasse es so. Es erinnert mich an meinen größten Fehler!"

„Dass du mich geheiratet hast? Danke für die Blumen!"

„Unsinn. Dass ich dich vergrault habe. Na ja. Das Leben geht irgendwie weiter, wenn ich auch noch nicht weiß, wie. Aber deswegen rufe ich nicht an. Ich habe mir überlegt, dass die Kameras vom Tatort nichts hergeben wegen des Helms. Aber der Täter wird erst wenige Minuten vorher losgefahren sein. Maximal 15 Minuten, wenn er in Kalafati wohnen würde. Und beim Besteigen des Motorrads hatte er sicher noch keinen Helm auf. Oder zumindest beim Verlassen des Hauses oder Hotels. Das wäre zu auffällig, das macht kein Motorradfahrer. Vielleicht habe ich Glück!"

Angelos staunte. Soviel Einsatz von Alex´ Seite?

„Ja, das klingt gut, ist aber eine Heidenarbeit. Soll ich vorbeikommen und helfen?"

„Nein. Bleib du mal bei Herrn Nikakis 3!"

„Alex, bitte!"

„War ein Scherz. Ich fange jetzt mal an. Ich melde mich!"

„Ich bin beeindruckt", sagte Angelos zu Khaled, nachdem das Gespräch beendet war.

„Vielleicht schaffen wir es doch, Freunde zu bleiben!"

„Solange er begreift, dass du jetzt mir gehörst", antwortete Khaled.

„Ich gehöre dir nicht", sagte Angelos lächelnd.

„Zu mir. Süßer, mein Englisch ist just nearly perfect und mein Griechisch unter aller Kanone. Das ist aber auch eine seltsame Sprache!"

„Aha. Bei falschen Sätzen schiebst du es also immer auf die Sprache. Das kannst du gleich vergessen", sagte Angelos.

„Na dann sprechen wir doch Arabisch", schlug Khaled vor.

„Touché, mein Prinz!"

Und wieder brummte das Handy.

„PM", sagte Angelos und verdrehte die Augen.

„Alles in Ordnung mit euch?", fragte Migiakis, Premierminister.

„Ja. Dank deiner Warnung, auch wenn du ruhig etwas klarer hättest sein können", sagte Angelos.

„Das sind Politiker nie!"

„Ich dachte immer, es würde dich freuen, wenn ich über den Jordan gehen würde", knurrte Angelos.

„Wo denkst du hin? Du bist mein Lieblingsbürgermeister. Du gehst mir zwar furchtbar auf die Nerven, bist aber der Einzige, der ‚Vollidiot' oder ‚Doofkopf' zu mir sagt. Und das brauche ich!". Migiakis lachte.

„Aber hör zu. Ich glaube nicht, dass schon alles vorbei ist. Araber sind rachsüchtig. Zu deiner Info: es sind zwei Israelis in eurer Nähe und es kommen noch zwei von uns!"

„Vier Mann, um ein schwules Liebespaar zu beschützen? Sehr fortschrittlich!"

„Ich bin die Spitze des Fortschritts, mein lieber Angelos!"

Und Herr Bürgermeister bekam einen Lachanfall.

35

Nur eine halbe Stunde später vibrierte das Handy erneut.

„Hoffentlich schaltest du es wenigstens bei der Hochzeit aus", sagte Khaled schmunzelnd.

„Welche Hochzeit?"

Und Khaled warf sein Kissen in Richtung Angelos. Der lachte und drückte auf sein Smartphone. Alex.

„ICH HABE ES. Er hat das Motorrad GEMIETET. Bei Hertz. Ich habe Kameraaufnahmen ohne Helm, aber der Typ ist trotzdem schwer zu erkennen. Basecap, Halstuch und Sonnenbrille!"

„Ich könnte dich küssen!"

„Das wird dir dein Prinz verbieten!"

„Khaled, darf ich Alex noch küssen?"

„Auf die Backe. Ohne Zunge. Einmal pro Monat!" Khaled grinste.

„Ich schicke dir die Aufnahme auf dein Handy", sagte Alex und legte auf.

Angelos betrachtete das Video und kam auf eine Idee. Er rief seinen Freund Nikos an.

„Nikos? Ja, uns geht es gut. Du musst mir helfen. Ich schicke dir Aufnahmen und lass sie bitte durch die Gesichtserkennung rattern!"

„Mach ich!"

„Die Aufnahmen geben nicht viel her!"

„Da unterschätzt du unsere Möglichkeiten. Das Programm ist schlicht genial! Im Übrigen folgen euch immer zwei Fahrzeuge. Wir und die Israelis!"

„Warum die Israelis? Sie bewachen einen Araber? Mal was Neues!", sagte Angelos verwirrt.

„Dein Prinz ist anscheinend eine wichtige Nummer. Oberstleutnant der Armee. Ein richtiger mit drei Jahren Sandhurst. Außerdem war er in Geheimverhandlungen involviert!"

Angelos schickte die Datei.

„Geht´s dir gut, Herr Oberstleutnant?", fragte er Khaled. Der grinste.

„Ich sag dir doch, ich war kein verwöhntes Prinzchen. Das kann dir von Nutzen sein. Schießen kann ich wie ein Profikiller!"

„Noch irgendwelche Dinge, die dein zukünftiger Ehemann wissen sollte?"

„Ich hielt es nicht für wichtig. Entschuldige. Es war noch nicht der richtige Zeitpunkt!"

„Ich muss aber nicht strammstehen vor dir, oder?", fragte Angelos.

„Strammstehen muss nur ein Teil von dir!"

„Auf Befehl?"

„Ach nein. Das ging doch bisher automatisch. Und meist in zwei Sekunden", sagte Khaled lächelnd.

36

Und? Ist mein General zufrieden? Zumindest für die nächsten zwei Stunden?", fragte ein verschwitzter Angelos.
Auch Khaled war vollkommen erledigt.
„Grundgütiger. Das Monster bist du, nicht ich!"
„Eine Beschwerde?"
Khaled rollte hinüber zu Angelos und sah ihn verträumt an.
„Auf keinen Fall. Ich könnte mein restliches Leben hier liegenbleiben!" Und Khaled bekam feuchte Augen.
„Was ist denn, mein Prinz?"
„Ich muss an unsere erste Nacht denken. Ich bin dir vollkommen verfallen. Und jetzt bist du wieder da und dieses Mal für immer. Bitte zwick mich!"
„Mein Zwicker kann nicht mehr", sagte Angelos grinsend.
„Und wie ich dein Mundwerk liebe", ergänzte Khaled.
„Ich habe dich auch vom ersten Date an geliebt. Aber ich wollte es nicht wahrhaben. Und habe dagegen angekämpft. Sorry, dass es deswegen

so lange gedauert hat. Ich liebe dich nicht weniger als du mich, aber das wusstest du schon bald!"

„Oh ja. Deine Augen haben dich verraten. Und Alex hat es wohl auch gesehen!"

Doch der private Moment war nach wenigen Minute, denn das Handy brummte.

Es war das Brummen vor dem Sturm.

Das entscheidende Brummen.

Es war Nikos, Angelos´ Freund vom Geheimdienst.

„Nette Fotos, Angelos!"

„Nett? Es handelt sich um einen Attentäter!"

„Ein nackter Attentäter?", flachste Nikos.

„Von was redest du zum Teufel?"

„Tja, in deiner Datei waren gut fünfzig Nacktaufnahmen, von dir, von Khaled und dir. Und keineswegs Stillleben, sondern eher in Action! Von der Seite kannte ich dich gar nicht!"

Angelos wischte über sein Handy. Oh, Mist!

„Ich habe dir die falsche Datei geschickt. Ich bin ein Idiot!"

„Mir hat es gefallen, mal was Neues. Und außerdem hat dein Khaled ein beeindruckendes Werkzeug", frotzelte Nikos, der überzeugter Hetero war.

„Sehr witzig. Du löschst die sofort. Ich schicke dir die richtige Datei!"

Dann kam der Satz, der alles veränderte.

„Ich glaube, das brauchst du nicht. Die Bilder ergaben einen Treffer", sagte Nikos.

Ein Treffer? Auf Privatbildern von mir und Khaled?

„Was faselst du da? Da sind nur ich und Khaled drauf!"

„Nein. Es gibt am Ende drei Fotos, die wohl von einem Dach geschossen wurden. In den Garten eines Nachbarn. Und der Herr verursachte ein rotes Licht und ein ‚Bing' in unserem Programm", erklärte Nikos.

Dachfoto? Nachbar? Noch immer weigerte sich Angelos´ Hirn irgendetwas zu verstehen.

Oh Gott! Die letzten Fotos waren die von Alex´ Seitensprung.

„Ich kapiere gar nichts. Es gibt eine Übereinstimmung, aber mit was?"

Das Foto des Nachbarn stimmt zu 99% überein mit einem Foto in unserem Archiv. Und der Herr ist kein Kleinkrimineller. Er ist Profikiller. Nennt sich wechselnd Tomas Masaryk, Adam Resniak oder .."

„Marco Tardelli", presste Angelos heraus.

Der haarige Trottel, mit dem Alex geschlafen hatte.

„Der gute Mann wird mit zwölf Morden in Verbindung gebracht. Ein richtiger Profikiller, den keine Ideologie interessiert. Wer zahlt, bestimmt!"

„Nikos, ich kann jetzt nicht mehr sprechen. In meinem Kopf dreht sich alles. Ich melde mich wieder!"

„Gut. Darf ich die Fotos behalten?"

„Wenn sie dich erregen, gerne!"

Angelos ließ das Handy fallen und sagte zu Khaled:

„Bitte nimm mich in den Arm und drück mich!"

„Was ist denn los?"

„Dein Attentäter ist unser haariger Nachbar!"
„Alex hat mit einem Attentäter geschlafen?"
„Du musst ihn festnehmen", sagte Khaled.
Wir sind nicht im Nahen Osten. Das Bild stammt nicht vom Tatort, sondern es zeigt ihn nach seinem Tête-à-Tête mit Alex. Und Geschlechtsverkehr ist nicht strafbar. Was Nikos an Beweisen hat, weiß ich nicht, aber sicher nicht viel, sonst gäbe es schon längst einen Haftbefehl. Außerdem sähe es so aus, als ob ich aus Rache den Nebenbuhler festnehmen ließe. Kein Richter macht da einen Stempel auf den Haftbefehl!"
„Komische Sitten", sagte Khaled.
Angelos lächelte.
„Rechtsstaat. Aber das ist nicht der springende Punkt. Resniak oder Tardelli hat sich wahrscheinlich deswegen an Alex herangemacht, damit er nah am Geschehen ist. Als Verbrecher einen Polizisten als Freund zu haben, bedeutet, man erfährt alles. Wenn Alex das erfährt, bekommt sein Selbstvertrauen noch einen Knacks. Der Typ hat ihn benutzt!"
„Aber dann ist er in Gefahr", warf Khaled ein.
„Du musst sofort zu ihm!"
Angelos lief zur Türe, drehte sich aber noch einmal um und küsste Khaled.
„Du bist ein guter Mensch!"

37

ER IST WAS? DU SPINNST DOCH. DAS IST NUR EINE BILLIGE RETOURKUTSCHE", brüllte Alex. „Traust du mir so etwas zu? Das wäre traurig", antwortete Angelos.

Alex setzte sich an den Küchentisch.

„Würdest du Nikos glauben?", fragte Angelos.

„Es würde mir helfen!"

Angelos wischte über sein Handy.

„Nikos? Ich gebe dir mal Alex. Sag ihm was du mir gesagt hast!"

„Dass Khaled gut bestückt ist?"

Angelos musste lachen.

„Nein, du Idiot. Den Rest!"

Alex nahm das Handy und hörte zu. Vereinzelt war ein ‚Sicher?' oder ‚ganz sicher?' zu hören.

„Danke, Nikos. Näheres kann ich dir morgen sagen!"

Stille.

„Er hat mich also nur angebaggert …"

„Es sieht so aus und es tut mir leid. Din Ego sollte es aber nicht treffen. Du bist ein gutaussehender Mann. Hätte ich dich sonst geheiratet?", fragte Angelos.

„Es ist trotzdem demütigend, weil ich darauf hereingefallen bin. Und alles kaputtgemacht habe!"

„Unsinn. Es war nur eine Frage der Zeit, bis es ei uns final kracht. Ich liebe Khaled wirklich und hätte mich nicht länger dagegen wehren können! Und: es ist jetzt so. Aber wir müssen ihn festnageln. Zu einem Geständnis bringen!"

„Wir?", fragte Alex.

„Du und ich. Und ohne dich geht es nicht!"

„Aha. Und wie stellst du dir das vor?"

„Ganz einfach: Du lädst ihn zum Essen ein, gehst mit ihm ins Bett und dann haben wir ihn", sagte Angelos lächelnd.

„Ich soll mit einem Profikiller schlafen?"

„Hast du doch schon!"

„Touché", sagte Alex.

„Warum warten bis nach dem Sex?"

„Er muss nackt sein, damit ich sicher sein kann, dass er keine Waffe dabeihat!"

„Du vergisst seine Hände!!", protestierte Alex.

„Nein. Du wirst ihm ein Bondage-Spielchen vorschlagen. Hat dir doch sonst auch gefallen."

Ich hasse und liebe dieses Grinsen.

Oh ja, ich habe es geliebt. Und werde es nie mehr… Stopp, Alex!"

„Und wer er an den Seilen hängt, kommst du, richtig?"

Angelos nickte.

„Also gut", willigte Alex ein.

„Gut. Dann muss ich noch eines klären", sagte Angelos und griff nach seinem Handy. Er erklärte Khaled, was er vorhatte.

„Das bedeutet, Alex wäre in deiner Gegenwart nackt?"

„Ja, und? Glaubst du ich bekomme dabei eine Erektion?", fragte Angelos.

„Ich werde dabei sein. Ich lasse dich nicht mit einem Profikiller allein. Es kann ja sein, dass er keinen Sex will. Dann wärst du in Gefahr!"
Angelos überlegte.
„Gut. Aber das Verhör überlässt du mir. Das Opfer ist normalerweise außen vor!"
„Komische Regeln in Europa", sagte Khaled.
Angelos lachte.
„Und was bitte ist Bondage?", fragte Khaled.
„Etwas, was dir viel Freude bereiten wird. Aber das braucht noch etwas Vorlauf!"

38

Khaled und Angelos versteckten sich im Gästezimmer. Sie hatten Alex eingeschärft, unter keinen Umständen die Schlafzimmertüre zu schließen.
„Sag, du brauchst beim Sex Frischluft", schlug Angelos vor.
„Dazu öffnet man das Fenster, oder nicht?"
„Herrgott, dann hängen wir die Türe aus, weil der Schreiner sie am Montag holt. Besser?"
„Viel besser. Und jetzt soll ich für einen Killer kochen?", fragte Alex.
„Stell dir vor, du kochst für mich", sagte Angelos. Stille.

„Entschuldige, das war geschmacklos!"
„Schon in Ordnung. Ist halt alles etwas schwierig, für uns beide", sagte Alex.
„Für uns drei", ging Khaled dazwischen.
„Natürlich. Eine Pasta ist bestimmt nicht verkehrt bei einem Italiener!"
„Perfekt. Und die kannst du nun wirklich", sagte Angelos.

39

Fudscheirah

Mansoor saß an seinem Schreibtisch und versuchte, die Puzzleteile zusammen-zufügen.
Wie komme ich aus der Nummer am Besten raus? Mit Kopf.
Der Killer hätte sich längst melden müssen, auch wegen der Geldübergabe. Man wollte Bank-transfers vermeiden. Der Killer hatte zugesagt. Ihm konnte Mansoor nichts tun, denn er wusste schon zu viel. Und ist bestimmt verkabelt mit seiner Agentur. Übliche Rückversicherung des

Vertragspartners, der seine freien Mitarbeiter schützen musste.

Vielleicht war Resniak unter Druck und erst einmal in Versenkung gegangen. Sicher kein Fehler, wenn der Kommissar der Liebhaber des Opfers war.

Also beruhige dich, dachte er.

Komisch nur, dass man nichts hörte. Keine Nachricht. Vielleicht haben die Griechen eine Nachrichtensperre verhängt. Was Mansoor beunruhigte: auch seine Kontakte auf der Insel brachten zunächst nichts in Erfahrung. Im Krankenhaus sei er anscheinend verschieden, aber in der Pathologie liegt niemand.

Im Hotel hieß es, Nikakis habe sich in seiner Villa verschanzt – aus Trauer. Schwer zu glauben, dass Nikakis nicht ermittelt. Hass würde besser zu ihm passen, so die allgemeine Einschätzung.

Fahre lieber zweigleisig, dachte Mansoor.

„Ihr Besuch ist da", plärrte es aus seiner Sprechanlage.

„Königliche Hoheit, willkommen!"

„Mansoor, ich wundere mich. Ich dachte immer, sie wollten mich tot sehen. Woher der Sinneswandel?"

Weil sich Dinge ändern, du Idiot.

„Eines vorweg: das ‚Königliche Hoheit' lassen wir weg. Wir reden auf gleicher Ebene!"

Sein Gast nickte.

„Nun, Ihr Vater hält Sie für einen Taugenichts, ich hingegen sehe Potential. Würden Sie gerne Emir werden, Raschid?"

40

Alex war sichtlich unruhig, was auch Resniak nicht entging.

„Was ist mit dir?", fragte der Killer, der ein besonderes Gespür hatte.

„Entschuldige, ich habe lediglich einen Hormonschub!"

Bravo, Alex, dachte Angelos.

„Ich wusste gar nicht, dass ich so eine Wirkung habe!", sagte Resniak.

„Warst du im Gartenhaus etwa nicht dabei?"

„Doch schon. Aber ich hatte den Eindruck, du wolltest deinem Mann eine auswischen!"

Vorsicht, Alex, Angelos hört mit.

„Das war es nicht. Ich hab einfach nicht nachgedacht. Ich bin nicht zu dir gekommen, um mit dir zu schlafen. Es ist halt passiert!"

„Bereust du es?", fragte Resniak.

„Nein. Sonst hätte ich dich heute nicht eingeladen."

Alex trug das Geschirr in die Küche und warf die Viagra ein.

Ohne kann ich nicht, dachte er.

Zehn Minuten später gingen sie nach oben und tatsächlich fiel Resniak die ausgehängte Türe auf.

„Muss neu gestrichen werden. Jetzt zieh dich endlich aus!"

Bringen wir es hinter uns, dachte Alex. Und hoffentlich bringe ich die Knoten zusammen.

Es dauerte genau 16 Minuten.

„War er bei dir auch so schnell?", fragte Khaled leise.

„Nein. Aber da lag ja auch ich neben ihm", antwortete Angelos.

Khaled musste sich die Hand vor den Mund halten, um nicht loszuprusten.

Plötzlich stand Alex im Zimmer, natürlich nackt.

„Er ist verpackt", sagte er und ging wieder zurück.

„Jetzt mach mich endlich los", brüllte Resniak.

Da betraten Angelos und Khaled den Raum.

„Jassas, Herr Tardelli. Oder Resniak oder wie auch immer!"

„Das war ein fieser Trick", sagte Resniak.

„Nicht fieser als ein Mord", antwortete Angelos lapidar.

„Gut, Alex. Gehst du bitte in den Keller. Ich brauche den Lötkolben und das Verlängerungskabel mit Schalter. Und zieh dir endlich was an!"

Khaled schaute Angelos auf den Schritt.

„Ich habe keine Erektion, wenn du das meinst!"

„Darüber bin ich sehr froh", antwortete Khaled.

Als Alex mit dem Lötkolben zurückkam, wurde Resniak sichtlich nervös und zog an den Stricken.

„Alex! Khaled. Hebt die Beine nach oben", sagte Angelos. Eine Minute später hatte Resniak den Lötkolben im Rektum.

„Jetzt machen wir einen kleinen Funktionstest", sagte Angelos grinsend.

„NEEEIIN!"

„Doch." Und Angelos drückte auf den Schalter.

Resniak trat der Schweiß auf die Stirn. Dann zuckte sein Körper und er schrie.

Angelos trennte die Verbindung.

„Interessant. Das macht man bei uns genauso", sagte Khaled, der einen persönlichen Groll hegte, denn Resniak wollte ihn töten.

„Bei uns ist das verboten. Gilt natürlich nicht für den Emir von Mykonos", bemerkte Alex.

„Als ob du dich immer um Vorschriften gekümmert hättest", knurrte Angelos.

„Sollten wir nicht lieber den Herrn befragen?", schlug Khaled vor.

„Eben. Also. Wir wissen, dass Sie Profikiller sind. Und denken Sie bei ihren Antworten immer an den Kolben."

„Ja. Bin ich. Was wollen Sie?"

„Was war ihr Auftrag? Und wer hat ihn erteilt?"

„Mein Auftrag? Ich hatte zwei!"

Angelos schaute verblüfft.

„Wieso zwei?"

„Der Archäologe und der Prinz!"

„Die Explosion waren Sie? Was haben denn die zwei Fälle miteinander zu tun?"

„Gar nichts, Herrgott. Es waren zwei getrennte Aufträge!"

„Gut. Natürlich möchten wir wissen, wer die Aufträge erteilt hat. Zur Motivation drücke ich nochmal auf den Schalter", sagte Angelos.

„NNEEIIIIN!"

„Der Typ von Delos hatte wertvolle Münzen unterschlagen, anstatt sie bei seinem Hehler vorbeizubringen. Irgendein Rumäne!"

„Mehr wissen Sie nicht?"

„Nein?"

Khaled sagte zu Angelos: „Drück drauf!"

Resniak schrie.

„Es riecht nach Fleisch", sagte Angelos.

„Und nach Grill", ergänzte Alex.

„Bitte! Ich sage alles. Es ist nicht so, dass ein Killer seine Auftraggeber nicht kennt. Die selbstzerstörenden CDs sind ein TV-Märchen. Wir brauchen genaue Daten. Gewohnheiten, Zeitabläufe und anderes. Wir haben keine Möglichkeit, allein diese Infos zu bekommen. Wir arbeiten allein. Zur Rückversicherung verlangen wir, also auch die Agentur, aber eine Erklärung für den Auftrag und den Namen des Auftraggebers. Gefahrlos für den Auftraggeber. Wir bekommen alle Unterlagen schriftlich per Kurier. Keine CD, keine Email. Schön altmodisch, aber die sicherste Methode. Hinterher wird alles verbrannt, zur Sicherheit für den Auftraggeber. Das Zeug für den Archäologen habe ich schon verbrannt. Deswegen weiß ich nichts mehr, außer dass es ein rumänischer Name war! Bitte! Nein! Warten Sie! Hätten Sie etwas zu trinken? Alex, bitte!"

Alex schaute Angelos fragend an.

„Er ist dein Freund", sagte Angelos.

Alex ging hinunter in die Küche.

„Das war nicht nett", sagte Khaled leise.

Angelos atmete auf.

„Du kritisierst mich. Na endlich. Und du hast recht. Das war daneben!"

Als Alex mit einem Becher Wasser kam, sagte Angelos:

„Entschuldige, der Spruch war saublöd!"

„Schon gut".

„Genug getrunken. Jetzt zum Attentat", sagte Angelos.

„Der Auftrag kam von meiner Agentur und lautete: den Kronprinzen zu neutralisieren. Und Das Honorar war üppig. Mein höchstes überhaupt!"

„Das war nur angemessen", sagte Angelos und lächelte Khaled an.

„Ein Präzisionsschuss ging nicht. Keine ruhige Stelle. Die Leibwächter haben nach Fudscheirah durchgegeben, dass das Ziel um 14.30 Uhr im Hafen sein würde, um seine Yacht zu übernehmen."

„Das Ziel? Ich bin ein Mensch. Komm Angelos, gib mir mal den Schalter", sagte Khaled.

„NEEIIIN, Bitte!"

Nach einer kurzen Pause fuhr Resniak fort:

„Im Hafen ging nur ein Frontalangriff vom Auto oder vom Motorrad aus. Mit dem Motorrad kann ich besser fliehen und bleibe nicht in dem dichten Verkehr stecken. Mit den LKWs konnte ich nicht rechnen. Auch nicht, dass Sie so stark motorisiert sind. Ein schwerer Fehler!"

„Ja, der SUV war eine gute Idee!"

Angelos grinste Alex an.

„Weiter. Kommen wir zum Auftraggeber, Geldübergabe und so!"

„Ich habe einige Unterlagen bekommen. Per Kurier. Die Papiere müssen aus der höchsten Ebene in den Emiraten kommen. Genannt wurde eine private Sicherheitsfirma. Aber meine Agentur wusste, dass der Laden nur ein Scheinunternehmen des örtlichen Geheimdienstes ist!"

„Mansoor, die elende Drecksau", rief Khaled. „Und noch dazu schwul!"

Angelos und Alex drehten gleichzeitig ihre Köpfe in Richtung Khaled.

„Frag nicht, Angelos!"

Und das tat Angelos auch nicht.

„Aber sicher im Auftrag deines Vaters. Gut, und wie lief die Geldübergabe?"

„Gar nicht. Ich sollte hinterher nach Fudscheirah und das Geld persönlich abholen!"

„Das ist doch viel zu gefährlich. Auftraggeber wird Zeugen los, noch dazu im eigenen Land", wand Alex ein.

„Ach woher. Wir sichern uns vorher ab. Mit dem kleinen Knöpfchen am Revers bin ich in ständiger Verbindung mit der Agentur. Die Übergabe wird gefilmt und der Ort von uns bestimmt. Wir sind ja nicht lebensmüde. Ich habe es nur noch nicht gemacht, weil ich mir nicht sicher war, ob …"

„ .. das Ziel überhaupt tot ist", ergänzte Angelos.

„Gut, dann sollten wir es bei der Unsicherheit lassen. Sie fliegen zur Übergabe!"

Das „WAAAS?" kam von Khaled und Alex gleichzeitig.

Auch Resniak begriff gar nichts.

„Sie lassen mich gehen?", fragte er, traute aber dem Braten nicht.

„Was hast du vor, Angelos?", fragte Khaled.

„Das ist doch einfach. Du gehst jetzt mit Alex runter in die Küche und ihr unterhaltet euch schön!"

„Nein. Lasst mich nicht mit diesem Irren allein", schrie Resniak.

„Keine Sorge", sagte Angelos und zog das Kabel aus der Steckdose. „Zufrieden?"

Resniak atmete erleichtert auf.

„Und ihr zwei: ab nach unten!"

Khaled und Alex verstanden nichts, folgten aber der Anweisung.

Als sie draußen waren, setzte sich Angelos auf die Bettkante.

„So, Herr Resniak oder Tardelli. Ich lasse Sie laufen. Unter der Voraussetzung, dass Sie einen Auftrag für mich erledigen. Ich habe mir das so vorgestellt …"

Fünf Minuten später verließ ein angekleideter Resniak das Haus und marschierte zu seinem Domizil.

Angelos hingegen kam in die Küche und sah in zwei fragende Gesichter.

„Ich werde es euch in ein paar Tagen erklären!"

„Ok", sagte Khaled.

„Ok?", fragte Alex. „Du bist ja noch höriger als ich!"

„Nein, Alex, verliebter. Ich vertraue ihm, dass er das Richtige macht", antwortete Khaled.

„Außerdem möchte ich später auch so ein Fesselspiel machen. Aber eine Frage hätte ich noch!"

„Bitte, mein Prinz!"

„Der Lötkolben gehört aber hoffentlich nicht dazu??"

Und Angelos bekam einen Lachanfall.

„Keine Sorge. Es kommt nur mein Lötkolben zum Einsatz!"

41

Der Emir saß an seinem Schreibtisch und hielt sich die Sauerstoffmaske vor das Gesicht. Es ging ihm zusehends schlechter, auch die Schmerzen nahmen zu.

Immer noch keine Nachricht, ob Khaled eliminiert worden war.

Wenn Mansoor das verbockt, schicke ich ihn in die Wüste, aber im wahrsten Sinn des Wortes.

Da betraten drei Männer das Zimmer.

„Mansoor! Raschid! Was macht ihr hier? Und wer ist der Dritte? Und überhaupt: man marschiert nicht zum Emir herein, ohne sich anzumelden!"

Raschid lächelte.

„Hätte ich mich bei mir selbst anmelden sollen?"

Der Emir war zu krank, um den Sinn des Satzes sofort zu begreifen.

„Was wollt ihr? Ist Khaled tot? Ich erwarte eine Erklärung, Mansoor!"

„Es gab eine kleine Planänderung!"

„Änderungen nehme nur ich vor. Was fällt Ihnen ein?", stieß der Emir während eines Hustenanfalls aus.

„Schonen Sie sich, Hoheit", sagte Mansoor.

„Wieso sagen Sie ‚Hoheit' zu ihm? Das ist meine Anrede", sagte Raschid.

Noch bevor der Emir begriff, stand Resniak hinter dem Emir, packte den Kopf und riss ihn nach rechts. Noch bevor die Sauerstoffmaske auf dem

Boden aufschlug, war der Emir bereits im Reich der siebzig Jungfrauen.

42

Darf ich dich etwas fragen, Süßer?", fragte Khaled.

Die beiden lagen im Bett und kuschelten.

„Klar. Du darfst mich alles fragen", sagte Angelos.

„Was hast du mit dem Killer vereinbart?"

„Jetzt kann ich es dir ja sagen, denn es ist vorbei. Willst du wirklich alle Details wissen?"

„Unbedingt!"

„Ich hatte danach ein Gespräch mit Herrn Mansoor", sagte Angelos.

Khaled schaute überrascht.

„Du hast mit meinem Mörder gesprochen?"

Angelos lachte.

„Du bist nicht tot und er war nur der ausführende Arm. However, ich habe ihn angerufen. Ich habe das Gespräch aufgezeichnet. Willst du es hören?"

Khaled nickte.

Er hörte Folgendes:

„Hier Angelos Nikakis. Sie wissen, wer ich bin. Khaled lebt und das wird für Sie zum Problem. Der Emir wird Sie bestenfalls entlassen, wenn nicht mehr. Ich hätte eine Lösung anzubieten. Ihr Killer ist jetzt mein Killer. Er wird nach Fudscheirah kommen und Sie werden ihm eine Möglichkeit verschaffen, zum Emir zu gelangen. Dort wird er das tun, wofür er ausgebildet ist. Das wäre der beste Ausgang, den Sie sich vorstellen können, denn Sie wären außer Gefahr. Vielleicht haben Sie ja auch schon einen der zwei anderen Emirsöhne als Nachfolger im Blick. Sie sollten ihn darauf vorbereiten, dass er etwas schneller ans Ruder kommt. Natürlich müssen Sie alles bedenken. Ich rufe in einer Stunde wieder an!"

Khaled legte das Handy beiseite.
„Und er hat …?"
„Und wie er hat. Dein Emirat hat seit zwei Stunden einen neuen Emir. Wie heißt dein versoffener Bruder?"
„Raschid!"
„Dann lebe er hoch", sagte Angelos.
„Ich habe ein Genie in meinem Bett", sagte Khaled.
„Ach was. Nur: jeder, der dir etwas antun will, bezahlt dafür! Und die Herren Raschid und Mansoor haben sich in ihren Versprechungen, dich in Ruhe zu lassen, regelrecht überschlagen. Wir haben unseren Frieden, denn Resniak hat alles aufgenommen und ich habe das aufgezeichnete Gespräch.
Khaled schaut Angelos mit leuchtenden Augen an, aus denen Tränen flossen.
Ich bin wirklich angekommen, dachte er.

43

D er Premierminister", sagte Khaled und reichte Angelos das Handy.

„Ein Anruf von dir verheißt nichts Gutes!" Migiakis lachte.

„Schon ins Internet geguckt? Dein Schwiegervater ist verstorben. Nicht ganz freiwillig heißt es!"

„Meine Trauer hält sich in Grenzen", sagte Angelos betont gelassen.

„Das glaube ich sofort. Mein Geheimdienst zwitschert mir, sie hätten auf Mykonos einen Profikiller ausgemacht, dich informiert und er wäre dir entwischt. Das klingt gar nicht nach dir", sagte Migiakis sarkastisch.

„Man munkelt, an dem Tod des Emirs, also des richtigen, wäre genau dieser Killer nicht ganz unschuldig."

„Was weiß ich denn über irgendeinen Putsch in einem Emirat Tausende Meilen entfernt?", sagte Angelos.

„Sag du noch einmal, ich würde zu unsauberen Mitteln greifen", antwortete Migiakis.

Angelos lachte.

„Wie verstehst du dich mit deiner Schwiegermutter?"

Migiakis knurrte.

„Du kannst gerne auf meine Kontakte zurückgreifen, wenn du möchtest", sagte ein vergnügter Angelos.

„Danke für das Angebot. Ich würde dich nur bitten, keine weiteren Staatsoberhäupter ins Jenseits zu befördern. Termine mit deren Botschaftern sind mitunter unangenehm!"

„Ich verspreche es", sagte Angelos.

„Äh, ich bin nicht zufällig Nummer zwei auf deiner Liste?", fragte Migiakis.

Angelos lachte.

„Dir stehe ich doch mit dem größten Wohlwollen gegenüber! Sofern meine Förderungsanträge weiterhin positiv beschieden werden!"

Migiakis lachte.

„Erpresser. Auf meine Schwiegermutter kommen wir zurück!"

Die Originalausgaben in Deutsch und Griechisch haben eine andere Nummerierung als die Bände in Englisch:

Mikonos Crime 1: Abducted (= Royals 13)
Mikonos Crime 2: Confusion (= Trauma 14)
Mikonos Crime 3: The Prince (= Khaled 15)
Mikonos Crime 4: Spy (= Spione 16)
Mikonos Crime 5: Beast (= Die Bestie von Mykonos 1)

Der Neue erscheint
am
22. Februar

SPIONE

Paul Katsitis – Royals

Zehn Seemeilen entfernt von Mykonos wird ein großes Gasfeld entdeckt. Bürgermeister und Kommissar Angelos Nikakis greift zu allen (auch illegalen) Tricks, um Bohrtürme in der Ägäis zu verhindern.
Als dann eine Prinzessin des Emirats Katar während eines Besuchs auf Mykonos entführt wird, scheint es zunächst nicht so, als würde ein Zusammenhang bestehen. Wenige Tage später ist die Prinzessin tot – und Angelos Nikakis sitzt im Gefängnis.

Paul Katsitis - Trauma

Chefermittler und Bürgermeister Angelos Nikakis glaubt es zunächst nicht: auf der trockenen Insel Mykonos soll ein Golfplatz errichtet werden. Als Nikakis den Investor trifft, glaubt er ihn zu kennen. Bevor er sich erinnert, ereignen sich zwei Morde. Angelos´ Ehemann Alex findet währenddessen heraus, woher Angelos den Investor kennt.
Bald geschieht ein dritter Mord. Und der Täter ist Alex.

Paul Katsitis – Der Putsch

1967 putscht in Griechenland das Militär. Hellas und auch Mykonos ächzen unter der Diktatur. 52 Jahre später gibt es wieder einen Regierungswechsel in Athen. Doch die Ereignisse von damals werfen ihre späten Schatten. Ein Flugzeugabsturz und Kommissar Angelos Nikakis sorgen dafür, dass es zu einem politischen Erdbeben kommt.

Paul Katsitis – Glut

Der Alptraum aller Chora-Bewohner wird wahr. Ein Großbrand wütet in den engen Gassen der Stadt. Eine knifflige Aufgabe nicht nur für die Feuerwehr, sondern auch für Kommissar und Bürgermeister Angelos Nikakis. Denn in einem Haus findet man eine Leiche. Ein Brandopfer, denken viele. Doch sie wurde erschossen. Drei weitere Morde und der Wiederaufbau lassen Angelos kaum Zeit Luft zu holen.

Paul Katsitis - Abseits

Im Stadion von Mykonos wird die Leiche eines
Mannes gefunden. Da der Mann Fan von
Olympiakos Piräus war, geraten alle Anhänger
des Konkurrenzvereins Panathinaikos Athen in
Verdacht. Die Indizien lassen zunächst keine
andere These zu und der Hass zwischen beiden
Lagern ist tatsächlich so groß, dass auch ein Mord
im Bereich des Möglichen liegt.
Doch als Kommissar Angelos Nikakis in die Welt
der Spielerscouts eintaucht, stellt er fest, dass es
um ganz andere Dinge ging: um Menschen-
handel, Pädophilie und natürlich eine Menge
Geld!

Paul Katsitis – Die Maske

ohne Vorwarnung in den Rücken geschc
steht er bald unter Anklage.
Im Schatten des Prozesses gelingt es eine
neuen, besonders brutalen Drogenhändl
genannt „Máská", sein Netzwerk auszubauen.
Und er zögert auch nicht, als sich ihm die
Gelegenheit bietet, Kommissar a.D. Angelos
Nikakis aus dem Weg zu räumen.

Paul Katsitis – Die Bestie von Mykonos

Zwei Kriminalbeamte, Alexandros und Angelos, quittieren den Dienst und eröffnen gemeinsam auf Mykonos eine Bar. Nebenher betreiben sie eine kleine Privat-Detektei. Da die Polizei chronisch unterbesetzt ist, werden Alex und Angelos – wegen ihrer Erfahrung - regelmäßig hinzugezogen.
Mykonos ist in Aufruhr. Offensichtlich foltert, vergewaltigt und tötet ein Mann junge Touristen. Um ihn zu stellen, bleibt nichts anderes übrig, als dass Angelos den Lockvogel spielt – mit furchtbaren Konsequenzen ...

Paul Katsitis – Rache

Im Kloster Ano Mera auf Mykonos wird ein Priester tot aufgefunden, dessen Leiche übel zugerichtet ist. Es sieht nach einem Rachemord aus – doch wofür?

Paul Katsitis - Hass

Es ist ein besonderer Fall für die beiden Ermittler Alex und Angelos Nikakis. Die Leiche eines jungen Mannes wird in den Dünen gefunden. Am und im Körper des Toten findet sich die DNA von Angelos. Er wird verhaftet.

Paul Katsitis – Inzest

Ein Bräutigam, der sich am Tag der Hochzeit vom Balkon stürzt und eine Mädchenleiche in einer Wagenpresse. Zwei Fälle für die beiden Ex-Kommissare Alex und Angelos Nikakis Zwei Fälle, die sich nach und nach aufeinander zu bewegen.

Paul Katsitis – Der-Drei-Sterne-Mord

Im besten Restaurant der Insel wird der Chefkoch, ehemals Leibkoch Gaddafis, mit durchschnittener Kehle aufgefunden. Ein schwieriger Fall für Alex und Angelos, zumal die eigene Familie mit beteiligt ist. Der Fall erfährt eine erstaunliche Wendung, als die beiden Ermittler erfahren, dass der britische Außenminister Mykonos besucht – auf dem Landsitz des griechischen Premierministers.

Paul Katsitis - Tattoo

Zwei Highlights stehen auf dem Programm des Wochenendes: ein hochdotiertes Beachvolleyball-Turnier und die Eröffnung der ersten Spielbank auf der Insel.

Nicht ins „Event-Wochenende" passen zwei Tote: ein 19-jähriger Junge und einer der Beachvolleyballspieler. An dessen „natürlichem Tod" haben die Ermittler Alex und Angelos so ihre Zweifel.

Paul Katsitis – Skalpell

Am Strand von Ornos wird eine Frauenleiche gefunden. Es ist die Tochter des Bürgermeisters. Der Leiche fehlen Nieren und Leber.
Doch es geht bei der Mordserie nicht nur um Organe, wie die beiden Ermittler Alexandros und Angelos Nikakis bald feststellen. Es existiert ein komplexes Netzwerk, das verschiedene kriminelle Felder abdeckt, und so mancher Inselbewohner ist darin verstrickt.

Weitere Mykonos-Bücher

MYKONOS LOVE STORY
Von Michael Markaris

Auf der Suche nach weiterer Gay Literatur?

„Die Mykonos Love Story 1-11" von Michael Markaris.
Kommissar Pandis hat mit 53 sein Coming-Out und verliebt sich in den 29-jährigen Angelos

Bisher erschienen:
Mykonos Love Story 1
Mykonos Love Story 2 – Das goldene Ei
Mykonos Love Story 3 – Morgenröte über Mykonos
Mykonos Love Story 4 - Mykonos Speed
Mykonos Love Story 5 – Rape-Vergewaltigung
Mykonos Love Story 6 – Der rosa Leopard

Mykonos Love Story 7 – Rückkehr der Leoparden
Mykonos Love Story 8 – Crash!
Mykonos Love Story 9 – Der tote Pelikan
Mykonos Love Story 10 – Photia-Feuer
Mykonos Love Story 11 – Der tote Archäologe

Hinweise

Kathimerini ist eine konservative Tageszeitung.
EYP ist der griechische Geheimdienst.
ERT ist das griechische Staatsfernsehen.

MYKONOS CRIME !7

SISA

Erscheint am 29. April